ダッシュエックス文庫

# カンピオーネEX！

軍神ふたたび

丈月 城

# Campione Character Profile

## カンピオーネEX! 登場人物紹介

### 草薙護堂
くさなぎごどう

軍神ウルスラグナの権能を有するカンピオーネ。自らを真面目・普通と評するが、周囲の評価は異なる模様。

### エリカ・ブランデッリ

《赤銅黒十字》の魔術師。自称、護堂の「愛人」。護堂に積極的にアプローチする。

### リリアナ・クラニチャール

《青銅黒十字》の魔女。剣の妖精。護堂に仕える「騎士」を自任する。

### 万里谷祐理
まりやゆり

霊視の力を持つ媛巫女。護堂の「正妻」と称される。護堂とは非常に息が合う様子。

### 清秋院恵那
せいしゅういんえな

当代随一と称される「太刀の媛巫女」。護堂の「剣」として侍る。

### アレクサンドル・ガスコイン

「黒王子アレク」の異名を持つカンピオーネ。護堂と互いに嫌い合う。

### アイーシャ

100年以上生きる最古のカンピオーネの一人。「夫人」の尊称を贈られる。

### ウルスラグナ

「軍神」の名を有し、護堂が最初に殺した神であり友。

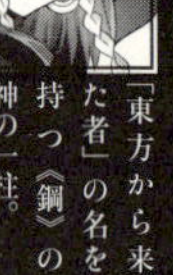

### ランスロット

「東方から来た者」の名を持つ《鋼》の神の一柱。

# Introduction

## これまでのあらすじ

神を殺し、その権能を簒奪したカンピオーネとなって以来、
まつろわぬ神々や各国のカンピオーネと戦いを繰り広げてきた草薙護堂。
数々の戦いの中で『最後の王』ラーマの存在を知った護堂は、復活阻止を
画策するも、これを許してしまう。
カンピオーネが存在する限り何度でも甦り、カンピオーネの数だけ強く
なるラーマ。
その特性を持つラーマとの決戦のため、護堂は七人のカンピオーネたち
とのバトルロイヤルを決行。
最後のひとりとなった護堂は、ラーマとの最終決戦に挑む――。
その戦いが終熄し、六人のカンピオーネが消息を絶って、五年――。
新たなる戦いの火蓋が落とされようとしていた。

# 序章

「わざわざ来てもらって助かった。ありがとうな」

岩山のそばに、古い修道院が建っている。

草薙護堂(くさなぎごどう)はそのすぐ前で、待ち合わせの相手に礼を言った。

背後にそびえる岩山、斜面には緑の草がまばらに生えている。むき出しの岩肌が目立つ。人里離れたと言ってもよい立地なのだ。

一応、ここ『ゲハルト修道院』は観光地であるらしい。

が、護堂とリリアナ・クラニチャール以外に人気(ひとけ)はない。たぶん交通の便が悪いのと、アルメニアという国そのものを訪ねる観光客がまだすくないからだろう。

「でもリリアナ。呼び出した俺が言うのもなんだけど」

護堂は笑いながら、銀髪のパートナーに言った。

「びっくりするくらい、早く来てくれたな」

「いえ。わたしもちょうどブカレストにおりましたから」

東欧(とうおう)の血を引くリリアナは、ルーマニアの首都名を口にした。

ここアルメニアも一応、東欧にカテゴライズされる。ただしヨーロッパといっても端の端、東端であり、ロシア、中東、中央アジアとも地続きであった。

アルメニアは黒海（こっかい）のほとりにある国なのだ。

複数の国境をまたいでくれた仲間は、さっそく、こう言ってくれた。

「それで我が王よ。あえてわたしを名指しで呼ばれた理由はなんでしょう？」

「ああ。リリアナに見てもらうのがいちばんいいと思ったんだ」

「エリカや万里谷祐理（まりやゆり）、清秋院恵那（せいしゅういんえな）よりも？　つまり巫女（みこ）の霊感のみならず、魔女の知識もあった方がよいと思われたのですね？」

「そんなところだ。とりあえず、修道院をぶらぶらしながら話をしよう」

ふたりが日本で同じ高校に通っていたのは、もう五年も前になる。

その間に、草薙護堂は『多元世界まで渡りあるく放浪の魔王さま』になり、リリアナは『主（あるじ）をよく補佐する副官』として、ときに旅の道連れとなり、ときに護堂の代理人となって、八面六臂（はちめんろっぴ）の活躍ぶりであった。

が、やはりリリアナは護堂のパートナーで最も万能な人材。同行者として旅のサポートを頼むことが、いちばん多かった。

「俺がこの辺に来たのは割と偶然で。ちょっと野暮用（やぼよう）をかたづけるつもりでいたら、いつのまにか来ちまったんだよな」

「もしかして《ロンギヌスの槍（やり）》関係ですか？」

「勘がいいな。さすがリリアナだ」

「アルメニアのゲハルト修道院といえば、かの神槍（しんそう）を長く秘匿（ひとく）していた聖域ですからね。イエスの脇腹を刺し、彼の血を吸った槍の――」

「そういえば、ゲハルトは『槍』って意味なんだってな」

ヨーロッパによくある石造りの修道院、ではない。

岩山を掘って、くりぬいた洞窟（どうくつ）のなかをキリスト教の神域としてととのえた。

穴の入り口にはわざわざ玄関代わりに〝修道院風〟の建物を造り、洞窟内に通れるようにしてある。

院内の照明はわずかで、だいぶ薄暗い。

しかし、深奥部（しんおうぶ）の祭壇では――天井に小さな『穴』が開けてある。そこから入りこむ日光は神秘的なほど荘厳（そうごん）で、洞窟内部を照らしてくれる……。

そういう場所をリリアナとまわりながら、護堂は語った。

「槍関係のいろいろをかたづけたあと、俺はここで――気になるやつを見かけた。後ろ姿しか見えなかったんだけどな。どこか見覚えのあるやつで。そして……」

ここまで言って、護堂は口をつぐんだ。

魔女であり、卓越した霊視力を持つリリアナがどんな反応を見せるか。余計な情報を吹きこまずに、たしかめたかったのである。

はたして――

「あなたほどの方に『気になる』と言わしめる者……」

リリアナは凜々しい顔で目を細めた。

それから「なるほど」とつぶやいて、歩き出す。そのあとに護堂がつづく。

「わたしはエリカとちがい、直に〝彼〟と対面してはおりません。そのときのことを話に聞いているだけです。でも、草薙護堂に長く仕えた経験がありますから――〝彼〟の気配には敏感な方であるだろうと思います」

彼。固有名詞を出さずに、リリアナは言う。

そして歩く。ついに修道院の外、ふたたび陽光の下に出てきた。が、リリアナは歩みを止めず、ここまで来るのに使ったレンタカーへ乗りこんだ。

護堂もすばやく助手席へもぐり込む。車はすぐに発進した。

「この国で〝彼〟の気配を感じ取れた理由、わたしにはわかります」

ハンドルをにぎるリリアナはおごそかに宣言した。

やはり何かを霊視し、護堂を然るべき場所まで導こうとしているのだ。

「アルメニアは欧州とアジアの境となる地。キリスト教の伝播以前、この土地では東西双方の影響を受けた神話が伝えられていました。ギリシア神話、トルコ――アナトリア半島の神話、そして東方のゾロアスター教……」

「…………」

「ここアルメニアで〝彼〟はヴァハグンと呼ばれていました。西洋のヘラクレス、そして、あの〝東方の軍神〟と同一の存在とされた――竜殺しの剣神です」

竜殺し。鋼の剣神たち。

ここ数年、聞く機会が減っていた単語であった。

その響きを護堂がなつかしく思ったとき、リリアナはレンタカーを止めた。

のどかな田舎街の一本道を通って、ほんの十数分でやってきた場所。車道から脇道へすこし入ったところに、その遺跡はあった。

かの有名なパルテノン神殿にも似ている。

石柱をならべて、その上に石造りの屋根を置く。あの様式であった。

「まるでギリシアあたりにありそうな神殿跡だな」

「当然でしょう。ヘレニズム時代の産物ですからね。ここはガルニ神殿、太陽神ミトラを奉じた聖域です。ミトラもまた東方――古代ペルシアより伝来した神。その真なる神名はミスラであり、〝彼〟が主として崇める存在……」

「あいつのボスだった神様か」

「はい。あなたが後ろ姿を見て、わたしが気配の残滓を感じとった神。彼はこの神殿跡からやってきたはずです」

「ここにもあいつの気配が残っていると？」

「はい」

かつてミスラの分身であった太陽神ミトラスと戦い、軍神ウルスラグナの権能を封じられた一件、いまだに護堂は忘れていない。

そして、護堂はハッとした。

体と心にいきなり力がみなぎってきたからだ。

草薙護堂の心身を臨戦態勢へといざなう超自然現象。カンピオーネ＝神殺しと、まつろわぬ神々が接近遭遇したときに起こる〝あれ〟だった。

ばん！　護堂はドアを勢いよく開けて、車の外へ飛び出した。

「おまえか、ウルスラグナ！」

ついにその名を叫びながら走る。

最初の神殺し、最後の王ラーマとの決戦でまみえた宿敵。いずれ再戦のときは来ると断言してのけた少年。十の化身(けしん)に変化(へんげ)する神。勝利の権化(ごんげ)……。

ガルニ神殿のそばまで駆けてきたとき。

クエエエエエエエッ――。

頭上で鳥が鳴いた。

足を止めて見あげる。鷹(たか)とおぼしき猛禽(もうきん)が飛び去っていくところであった。まるで護堂の存在を認めて、満足したかのように。

×　　×　　×　　×

東京都内――。

台東区のとある純喫茶にて、その面談は行われていた。

「空間歪曲、ですか？」

「って何なの、王子さま？」

万里谷祐理が目を丸くして、清秋院恵那がぶしつけに訊いた。

相手は『ふっ』とクールに微笑し、立て板に水とばかりに語り出す。

「最近確認した事象に、俺が命名した。幸いにも〝俺たちの地球〟に発生することはないようだが……。多元世界のなかには、これがひんぱんに出現する世界もある」

声の主は黒王子、アレクサンドル・ガスコイン。

祐理と恵那の愛する青年と同じく、神を殺めたカンピオーネである。

「簡潔に言えば、それは『光のゲート』だ。無数の光の集合体。だが、そこをくぐることで神話の領域へ到達できる」

「神話の領域……ですか？」

言いしれぬ不安を感じて、祐理は身をすくませた。

媛巫女としての霊感、地上最高の霊視力が警告してくれたのだ。この話を決して聞きながしてはならないと。祐理は訊いた。

「それは一体、どのような？」

「なに。ギリシア神話、北欧神話、インド神話……要は世界各地の神話を再現した異世界ということだ。神話世界とでも言おうか。ふつうの人間が入り込んだら最後、ろくなことにはならないだろう」

「そんなところに通じるゲートがあちこちに出てくるんだ？」

恵那が眉をひそめていた。

「なんか昔、アイーシャさんが『妖精の通廊』を開けたときのこと、思い出すよね。あれも本当に苦労させられたっけ……」

「それだ」

黒王子アレクが苦々しげに同意した。

「最近になって発生しはじめた空間歪曲現象と、俺たちの知る――最も傍迷惑なご婦人。両者の間に何か関係があるのかもしれん。それを裏付けるデータ、すこし前に入手できた。べつに欲しくもなかったが……」

「えっ？　アイーシャさん、ついに見つかったの!?」

「もう何年も行方不明でいらしたのに！」

「あくまで、彼女のものと思われる痕跡だけだがな」

恵那と祐理、媛巫女ふたりがそろって驚嘆する。

黒王子アレクはなんとも忌々しげにコメントをつづけた。

「できれば永遠に消息不明でいてくれと祈っていたというのに、その甲斐もなく、神殺しの貴婦人どのは人生を謳歌しているようだ。で、そのあたりのことを〝俺に匹敵する唯一の次元旅行者にして神殺し〟と討議してみようかと思い、訪ねてきたわけだが」

　ふん。アレクは不愉快そうに言う。

「草薙護堂は本拠地であるべき東京にもおらず、消息不明。現在地も報せないままだとは。まったく、やつめ。責任ある己の立場を何だと思っている。どういう状況であれ、連絡がつくようにしておくのもリーダーの心得だろうに」

「「……………」」

　思わず祐理・恵那のふたりは、歳上の青年を無言で見つめてしまった。

　すると黒王子アレクはハッとして、口早にこう言った。

「待て。俺はあくまで一般論を口にしただけだ。べつに俺自身のことをどうこう言うつもりは毛頭ない。変な誤解はやめてもらおう」

「恵那たち、何も言ってないのに」

「心にやましいことがあるからこそ、己に非はないと主張されるのですね……」

「やめろ、俺はおまえたちのボスとはちがう！　口先だけのかわいそうな人間を見る目つきで俺を見るなっ」

「「…………」」

×　　×　　×　　×

この世の最後に顕れる王、ラーマチャンドラ。

魔王殲滅の勇者と草薙護堂の死闘から、五年の歳月が経っていた。

その間、カンピオーネたちはもちろん平穏とまったく無縁の暮らしを送ってきた。しかし、
それでも勇者ラーマが猛威を振るった一年よりは静かな日々だった。

そのぬるま湯の期間もついに終わりとなる――。

# 第1章　草薙護堂の〝その後〟

1

草薙護堂は大学生である。

本当だった。留学先である歴史的名門校にもろくすっぽ通わず、〝課外活動もしくはフィールドワーク〟ばかりに精を出しているが、身分上はたしかに大学生だった。

が、やはり学生としての自覚はうすい。

大学名の由来でもある都市を『第二の故郷』とか言えるほどの愛着も。

「食い物も美味いし、いい街なんだけどなあ」

ボローニャ市街を歩きながら、護堂はつぶやいた。

北イタリアの古都。歴史ある街という以外の特色を一言で語るならば『学都』だろうか。伝統ある学問と芸術の本場なのだ。

ヨーロッパでも最古の大学のひとつ——。

それがボローニャ大学である。なにしろ創立が一一世紀。日本の名門校とは歴史の桁がまったくちがう。

——護堂はもともとミラノで留学生活をはじめた。

エリカとリリアナの故郷であり、頼もしい後見人パオロ・ブランデッリも暮らす街。しかし二年前、なつかしいサルデーニャ島の魔女ルクレチア・ゾラ——友人兼現地妻（あくまで本人談）から請われたのだ。

あの日、ルクレチアはわざわざミラノまで来て、こう切り出した。

『君をカンピオーネのひとりと見込んで、頼みがある。実は私が一時期通っていた大学……そこには魔道の徒だけが入れる秘密の書庫があってな。〝力ある書〟が数多く秘蔵されている。隠された叡智を記した古文書、禁忌の魔導書、神代の碑文……。で、最近、書庫の方から私宛てに督促状がとどいた。前に持ち出した書物を返却せよと』

『もしかして、借りたまま返すの忘れて、自分のものにしていたんですか？』

ずぼらなルクレチアがやりそうなことを護堂は口にした。

が、正解は予想以上の悪事であった。サルデーニャの魔女はしれっと言ったのだ。

『いや。そもそも貸し出し厳禁の稀覯本だったからな。必要があって、数十年前に無断借用したのがついにバレた』

『……とっとと返してくれればいいでしょう』

『残念ながら、それはできん。君が壊してしまった』

『俺が？』

『その魔導書、《プロメテウス秘笈(ひきゅう)》という。君が最初の神殺しを成したときの切り札だ』

ずいぶんとなつかしい昔話。サルデーニャ島を舞台とした草薙護堂および軍神ウルスラグナの出会いと別れ。

護堂の人生を変えたアイテムの出所を明かしたルクレチア、さらりと言う。

『というわけで、書物の消失とひきかえに誕生した神殺しどのを移籍させることで話がまとまった。君、ボローニャへ行ってくれ』

かくしてボローニャ大学への電撃移籍が成立したのである。

草薙護堂の名、もちろん一般人は知るよしもない。が、いまやヨーロッパ中の『魔道の徒』が七人目のカンピオーネとして認識している。その人物が名門・ボローニャ大学へ、考古学および魔道を専攻する学生として移籍。なかなかに学校の評判を高めるニュースであった。

まあ、この移籍、護堂の方にもデメリットはすくない。

結局のところ、ミラノにもボローニャにも長逗留(ながとうりゅう)はできないのである。

「ボローニャと下宿の部屋に居つづけることが一週間もつづかないってのは、学生としてはかなり問題だよな」

同じアパートの住人は、きっと護堂を『あやしい東洋人』と思っているだろう。

しょっちゅう旅支度をしてはボローニャを離れ、数日間、ときに数週間も帰ってこないのである。

今だって、アルメニアのゲハルト修道院から帰ってきたばかりなのだ。

ボローニャ市の中心部めざして、足早に歩いていく。

「留学生っぽく、ルームシェアとかやってみたいよな……」

こんな暮らしなので、もちろんむずかしい。

自分の境遇を同居人にどう説明すればいいのか。まさか正直に『とある勇者さまから魔王退治の運命をあずかったから、いろんな世界から呼び出しがかかるんだよ。あと一応、魔王さまの仕事もあるし』とは言えまい。

それに、ときどきだが人も訪ねてくる。ちょうど今日のように――。

「祐理(ゆり)！　よく来てくれたな！」

「おひさしぶりです、護堂さん」

マッジョーレ広場での再会だった。

欧州(おうしゅう)の古都ではよくあるように、ボローニャも街の中心に広場がある。

ここを起点に観光すれば、おのずと数々の名所を満喫できる。ネットゥーノの噴水、歴史あるボローニャ大学、かつての王宮、美術館、考古学博物館。

ショッピングモールや、ブランドショップもひしめいている。

広場のまわりにはバール――日本でいうカフェやジェラート屋も多い。

まあ、便利な界隈(かいわい)であった。

そこを待ち合わせ場所として、日本からの来客を出迎えた。

高校時代からのつきあいとなる仲間のひとり、万里谷祐理――。桜の花びらにも似た可憐さ、ひかえめさを持つ祐理は淡く微笑んでいた。

季節はちょうど春。四月上旬。折しも桜の時季であった。

自分も、彼女も、いつのまにか日本の成人年齢を超えている。

たたっと小走りに駆けてくる祐理。白シャツにカーキ色のロングスカートを合わせ、うすいグレーのコートを羽織っていた。

いかにも彼女らしい、清楚な雰囲気であった。

護堂は立ち止まり、両手を大きく広げて、満面の笑みで出迎える――。

「ずっと会いたかった。ここまで来てくれて、うれしいよ」

「え――っ？　ご、護堂さん、いきなり何ですか!?」

愛しい彼女と出会うなり、護堂は『ぎゅっ』とハグをした。

それに驚いて、祐理は目を丸くしている。護堂にしっかりと抱かれながら、唐突すぎる抱擁にお小言を訴える。

奥ゆかしい大和撫子は、人の多い広場での狼藉にとまどっていた。

「こ、こんな人前で急に……は、恥ずかしいです」

「いいじゃないか。日本じゃないし、誰も気にしてない」

「もう……。護堂さんは最近、言うこととやることが日本の方じゃないみたいになってきましたね。躊躇なくハグとかなさいますし」

　護堂の腕のなかで、祐理はすこしあきれた口ぶりでささやいた。

　恋人に指摘され、「かもな」と護堂は笑う。

「いろんな国とか世界をうろつくうちに、いつのまにかそうなったんだよな。スキンシップの多いところを回る間にうつったみたいで」

　なつかしい祐理の抱き心地を愛おしく思いながら、言いわけをつづける。

「ほら、あれだ。たぶん留学とか国外移住した人間は、日本人でもそういう文化に染まっていく……みたいなこと、ふつうにありそうだし」

「そんな話は寡聞(かぶん)にして存じあげません！」

「そうか。ま、いいじゃないか」

「もう。仕方のない人ですね……」

　どれだけ小言を口にしようとも、祐理の声は甘く、護堂と密着したままだ。

　むしろうっとりと、たおやかな体をあずけてくれている。浮き世離れした深窓(しんそう)のお嬢さまに見えて、草薙護堂のダメさも、身勝手さも、全て受け入れる度量の持ち主。万里谷祐理とはそういう女性であった。

　だから、おもむろに護堂が勢いあまって、再会のキスで唇をふさいでも――

「ん……ちょっと早すぎます……」

「でも、早くたって問題はないだろ？」

「もう……」

公衆の面前でのおいたにも、唇を重ねながら苦情をつぶやくだけで、祐理はひどく幸せそうに応じてくれていた。

日本人ふたり、古都ボローニャの中心で愛情をたしかめ合う。

そんなひとときに『水を差した』のは、べつの女性の声であった。

「護堂もすっかり変わったわね。ま、その片鱗（へんりん）は昔からあったわけだけど」

「え、エリカさん!?」

「よう。おまえもこっちに来たんだな」

「祐理がボローニャに向かったと聞いて、ミラノから急いで来たの」

あわてて祐理が離れていったので、護堂はそちらに向きを変えた。

金髪の乙女がいつのまにか来ていたのだ。

生粋（きっすい）のミラノ人であるエリカ・ブランデッリ。今日は黒いニットセーターにチノパンという装い（よそおい）。首にはあざやかな真紅（しんく）のストールを巻いて、いつもどおり黒と紅（ロッソネロ）のコーディネートをまとっている。

どちらからともなく両手を広げ、護堂とエリカは抱擁し合った。

「会いたかったわ、わたしの愛しい護堂」

「俺もだ。ま、おまえとはイタリアでしょっちゅう会ってるけど、だからって会わなくていいなんて思わないもんな」

「当然よ。エリカ・ブランデッリに飽きたなんて言わせないんだから」

顔と顔を寄せ合い、頬に口づけをし合っての会話。

さすがに高校生の頃とはちがい、情熱的なラテンの乙女とのふれあいにも慣れて、ごく自然にこういうやりとりができる。

そして、エリカは貴婦人の微笑を祐理に向けた。

それはまさしく客人を歓待する女主人、女王、女城主の顔であった。

「さあ、まずはどこかで一休みしましょう。それから積もる話を聞かせて頂戴。日本の方がどうなっているか、わたしも気になっていたの！」


手近なバールでエスプレッソとパニーノを頼み、コーヒーブレイクしたあと。

護堂とエリカ、祐理は三人連れだって、街歩きをはじめた。

現在地はマッジョーレ広場。まずはいちばん近くの観光名所、サン・ペトロニオ聖堂めざして歩き出す。そのあとはボローニャの斜塔でも見物するつもりだった（ピサ以外にも斜塔はあるのだ）。

ここは中世の匂いを色濃く残す欧州の古都。ぶらぶら歩くだけでも、余所者にはかなり楽しいはずなのだ。しかし。

「そうだわ。報告しておかないと」

エリカがいきなり言い出した。

「護堂もたまに使っているミラノの通廊、あるでしょう？」

「ああ。アイーシャさんがだいぶ前に創ったやつな」

あの恐ろしくも傍迷惑な権能《妖精の通廊》。

世界各地に異界への扉を創り出すという代物である。その産物が大都市ミラノにもあり、魔術結社《赤銅黒十字》の管理下にあった。

そのミラノの通廊、実はアストラル界の某所につながっている。

それを利用して、しばしば護堂はあちらの知人――玻璃の瞳の姫や黒衣の僧正などに『地上への便り』を託していた。いそがしくて帰る暇がないから、ちょっと送っておいてくださいと頭を下げて……。

並行世界をさまよう護堂からの手紙、かくしてミラノに届くのだが。

「あの通廊、唐突に消滅してしまったのよね」

「なんだって!?」

「……護堂さん。私と恵那さんがアレク王子よりうかがったお話、その件に深く関係していると思います」

「そういや、それをわざわざ報告しにきてくれたんだよな」

「つまり祐理は、きわめて深刻な事態だと予期しているのね」

超重要案件につき、直に会って話をしたい。

そういうふれこみで祐理はボローニャまで訪ねてきたのである。

日本最高峰の媛巫女として、比類ないほど卓越した霊視力を持つ万里谷祐理。彼女はいかなる凶兆を感じとっているのか？

護堂は足を止め、エリカと共に耳をかたむけることにした。

## 2

ボローニャ行きを媛巫女仲間に譲った理由は単純だった。

『じゃあ、恨みっこなし。当たりのくじを引いた方が王様のところに行く』

『うけたまわりました。では、私はこちらを』

『よし勝負！　うわあ!?』

二本のこよりを用意して、いちばん下を紅く塗った方が当たり。

当たりくじを引いたのは幼なじみにして、共に草薙護堂の覇権を支える祐理の方。かくして清秋院恵那は、ひとりロンドンまで来たのである。

黒のピーコートを羽織り、同じく黒のベレー帽をかぶっている。

そこに青いジーンズとスニーカーを合わせ、男っぽく活動的な格好でロンドン市内を移動中だった。

地下鉄でトッテナムコートロード駅へ。そこから数分だけ歩く。

やってきたのはロンドン中心部にそびえ立つギリシャ神殿――ではなく。

それを模した大英博物館のエントランス。三角形の屋根を数十本の円柱で支えており、まさにパルテノン神殿を彷彿とさせる。

　ここ、博物館前の広場が待ち合わせ場所なのだ。

「よく来てくれましたね、恵那」

「姫様！」

　声をかけてきた貴婦人に、恵那は笑顔で応じた。

　白いニットに黒のワンピースを着た妙齢の女性である。プラチナブロンドのロングヘアがあいかわらず神々しく、たおやかな美貌をいっそう輝かせていた。

　プリンセス・アリス。公爵家令嬢にして、英国賢人議会の元議長。

　ただでさえ目立つ女性なのだが、今日は車椅子に腰かけているので尚更だ。すでに数年来のつきあいとなる姫君の顔色を見て、恵那はうなずいた。

「よかった。結構元気そうで安心した」

　いつも明朗快活、天衣無縫が清秋院恵那の売り。

　ずけずけ言ったところ、車椅子のアリスはぷっと吹き出した。

「まあ。わたくし、今日はあまり調子がよくなくて、咳き込んだりもしているのよ？　そういうの、元気とは言わないんじゃなくて？」

「でも、前はベッドから起き上がれない日ばかりだったんでしょ？」

「それはそうですけど」

「なら、やっぱり元気だよ。なんだかんだで生身の体で外に出て、こうして会いに来てくれるんだから。顔色もそんなに悪くないし。ねえ？」

あいづちを求めた相手は、アリスのうしろにいた。

車椅子を押してきた銀髪の乙女である。プリンセス・アリスの部下や従僕ではなく、恵那と同じ『客人』だった。

リリアナ・クラニチャールはうなずいた。

「そうだな。以前は幽体だけを飛ばして、人前に出ていたところが――今はこうして、実体のまま外出可能になっている」

一足早くロンドン入りして、アリスを訪ねていたリリアナ。

草薙護堂にアルバニアの修道院まで呼び出されたあと、フットワーク軽くイギリスまで飛んだのである。

今日はエスコート役兼ナイトとして、病弱な姫君の車椅子を押す役だった。

青いシャツに黒のスキニーパンツをはいている。その上には春らしいベージュのトレンチコート。エリカ・ブランデッリが紅と黒をトレードマークにしているように、リリアナ・クラニチャールも常に青と黒の着こなしを死守している。

【青と黒（ネラッズーロ）】のテンプル騎士はプリンセスに言った。

「目を瞠（みは）るほどのご回復ぶりであると私も思います」

「うれしいわ。たぶん草薙さんのおかげね」

「どうでしょう？　私たちの主（あるじ）は気まぐれに《反運命の権能（けんのう）》を使ってみただけ。彼も『効くかどうかはわからないな』と――」

「言ってたよね。いつもの雑な感じで」

　恵那が笑えば、リリアナもやや意地悪く微笑する。

「ええ。『万一でも上手くいけば儲けもの』くらいの気持ちで試したと申しておりました。姫の回復との因果関係は不明ですし、恩義と思われる必要はないでしょう」

「うん。何もしなくたって、元気になってたかもしれないし」

「……まあ。ふたりとも結構言うのね！」

　車椅子にすわるアリスがはじけるように笑った。

　人の身には過分なほどの霊能を天より授けられた巫女姫。だが、彼女はかつて一年の大半をベッドで過ごすほど病弱であった。

　そのすぐれた霊力が逆に、人としての肉体をむしばんでいるのでは？

　そういう仮説も唱えられたが真偽は不明だった。

　しかし、あるとき。ふらりとアリスを訪ねた草薙護堂がおもむろに新たな権能を使ったのである。

　賢人議会の面々が《反運命の戦士》と名づけた運命改変の権能を――。

　それは『最後の王』ラーマチャンドラと和解し、彼を呪縛していた運命神より簒奪したものであった。

　それから数年。アリスは今、劇的な回復ぶりを見せている。

「わたくしを縛りつけていた『病』の運命が断ち切られた……。やはり、そういうカラクリなのかしら？」

「姫。仮定に仮定を重ねても意味はありません」

「そうそう。無理に王様の手柄にしなくていいから、本題に入ろう」

誰かに力を貸したからと言って、自ら見返りや感謝を求めはしない。

草薙護堂にはそういう面が明らかにあり、彼を『義侠の人』となさしめる大きな要因であった。それを知るからこそ、恵那はリリアナと共に話題を変えた。

アリスは肩をすくめ、軽やかに言った。

「わかったわ。じゃ、さっそくどこかに落ちつきましょう」


大英博物館の館内は当然、入場客でごったがえしている。

しかし、ここ『執務室』はきわめて静謐であった。マホガニーのデスクや書棚、ふかふかの絨毯などが重厚感を醸し出している。

議長をしりぞいたとはいえ、アリスは賢人議会の重鎮。

彼女専用の仕事場が博物館内には用意されているのである。

「あなたたち、もうアレクサンドルの〝あの報告〟を聞いているのよね？」

リリアナの押す車椅子で執務室に入るなり、アリスは言った。

もうここには、清秋院恵那を加えても三人しかいない。

「アレクサンドル・ガスコインが、いまだ失踪中のあの方……アイーシャ夫人との関係を疑える事象に遭遇した話」

リリアナは「ええ」と返事した。

「五年前の魔王内戦でどことも知れない多元世界の果てに飛ばされたカンピオーネ六名。そのうちサルバトーレ卿、ジョン・プルートー・スミスさま、アレク王子はすでに『この世界』に帰還されました。羅濠教主も健在であると確認済み。行方が知れないのはふたり――アイーシャ夫人とヴォバン侯爵のみ」

「でも、うちの王様が『侯爵さんは死亡したかも』と言ってたし」

恵那も心配そうに発言する。

「この地球上じゃないどこかで何かをやらかしそうなのは――やっぱりアイーシャさんの方だもんね。怖いよねえ」

「あんな方だからな。ご本人にその気がなくとも、歩く地雷原も同然のはずだぞ」

リリアナも言う。アリスはそっとため息をこぼして、同意した。

「ええ、本当に。……実はアレクサンドルの報告を受けて、わたしたち賢人議会も調査をはじめたら――とんでもないことがわかったの」

「「…………」」

思わず黙り込んだ客人ふたり。プリンセスはつづけた。

「アイーシャ夫人の『通廊』、覚えているかしら？」

「もちろんです。さまざまな時代や異世界につながったゲート」

「夫人の権能《妖精の通廊》で世界のあちこちに創られたんだよね。恵那たちも覚えがあるけど、消滅したように見えても何かの拍子(ひょうし)にぽこっと出現しちゃう」

　忘れたくても忘れられるはずがない。

　あの妖(あや)しき通廊に呑みこまれて、リリアナも恵那もタイムトリップを経験した。古代ガリアへの大遠征。イタリア・トスカーナ州に潜在する『通廊』を、よりにもよって剣王サルバトーレ・ドニが活性化させたのである。

　そしてプリンセス・アリスは驚くべき報告を口にする。

「そうね。アイーシャ夫人の『通廊』は消えたように見えても、決して消滅しない——はずだった。今までは。でも今回の調査で判明したのよ。……現在、ほとんどの『通廊』が完全消滅してしまったと」

「えっ、ウソ!?」

「まさかアイーシャ夫人が亡くなられた影響、ということなのか!?」

「もしそうなら、むしろ害はないのかも。でも、わたしたちに楽観は許されないわ。ほら、アレクサンドルが《空間歪曲(わいきょく)》と言ってたでしょう？」

　恵那とリリアナの驚愕(きょうがく)に対して、アリスは淡々としていた。

　冷静さを忘れず、あらゆる困難に立ち向かわなくては。その覚悟と決意が公爵家令嬢を突き動かしているようだった。

「わたし、なんとなくだけど感じているの。これから多元世界のどこかで未曾有の災厄が起きはじめるのでは――って」

なんとなく。万里谷祐理もときどき使う言葉。

きわめて卓抜した霊視力の持ち主は、『毎度おなじみ世界の危機』さえも〝なんとなく〟予期してしまえるのである。

草薙護堂の周辺では、実はかなりのパワーワードであった。

## 3

プリンセス・アリスのもとを辞して、二時間後。

空に夕闇が近づきつつある。リリアナ・クラニチャールと清秋院恵那は乗用車をレンタルして、ロンドン郊外を走っていた。

ハンドルをにぎるのはリリアナ、恵那は助手席だ。

言うまでもなくロンドンは大都会だが、このあたりから緑が増えてくる。

このまま走りつづければ、いずれは田園風景がひたすら続くようになるはずだ。広大な草地に畑、まばらな森などがひたすら広がっているのだ。

が、今日はそこまで行くつもりはない。運転中のリリアナが言う。

「それでアレク王子のおっしゃったことというのは……」

「うん。わざわざ日本まで来て、いろいろ教えてくれたんだ」

恵那はあらためて語っていった。

数日前、アレクサンドル・ガスコインがひとしきりレクチャーしてくれた内容、そのあらましを——。

『知ってのとおり、俺は数多ある多元世界をあちこち旅して回っている』

『多元世界——ＳＦで言うところのパラレルワールドだな。俺たちの地球とは「異なる歴史を歩んだ」世界ばかりだ。イエス・キリストが磔刑にならなかったあとの世界、第二次世界大戦の折にエイリアンが攻めてきた世界……。まあ、誤差程度の差異しかない世界もなかにはあったが、その辺は置くとしよう』

『しばらく前からだ。訪ねた先のパラレルワールドで、しばしば空間歪曲現象と出くわすようになった。神話世界につながったゲートの発生だな』

『そう。すでに指摘したように、空間歪曲はアイーシャ夫人の〝通廊〟に似ている』

『しかもだ。実はほかにも無視できない点が——』

ついにリリアナが車を止めた。

やってきたのは、とある英国貴族の私有地。

が、ただの空き地でもあった。緑の草地と雑木林、ちょっとした丘などが夕刻の陽差しでオレンジ色に染まるのみ——。

車外に出るなり、恵那は言った。

「何もないねえ」

「だが、かつてここには豪邸が建っていた。しかも、表の歴史書には決して記されない世界的イベントが起きた現場だ」

「うん。そのお屋敷で三人ものカンピオーネが一堂に会したんだものね」

「しかもアイーシャ夫人、ヴォバン侯爵、羅濠教主——旧世代の魔王たちが……」

一八五〇年代の出来事だったらしい。

吹雪の夜だったという。相争う魔王三人が持てる権能を全解放した結果、屋敷はあとかたもなく消し飛び、さらに——

妖精境へのゲートが開いた。

リリアナたち人間の魔術師がアストラル界／幽世と呼ぶ領域。

このゲートに吸いこまれたアイーシャ夫人、たどり着いた妖精境の地で常若の国の女王ニアヴを斃し、権能《妖精の通廊》を得たのである。

だからだろう。今、リリアナと恵那がいる豪邸跡地には——

「常若の国へつながった『通廊』が存在した。だが、賢人議会の調査ではそれもとっくに完全消滅したのだという」

「ロンドンの近くにある唯一の『通廊』だって姫様言ってたもんね」

「そして、おそらく最も古い『通廊』でもあった。アレク王子の推測が正しいかどうか、検証するにはもってこいの場所だな」

リリアナと恵那はうなずき合った。

黒王子アレクの教え、まだまだ続きがあるのだ。彼はこうも語った。

『俺たちの地球とは似て非なる世界。だからパラレルワールドなんだが』

『そういう世界にぼこぼこ現れる空間歪曲の出現ポイント——それが問題だ』

『実はそれらのポイント、俺たちの世界ではアイーシャ夫人の通廊が存在するはずの場所なのだ。偶然の一致と見なすわけにいくまい。……何が起きているかは皆目見当もつかんが、絶対に何かが進行中のはずだぞ』

『幸い、俺たちの地球にまだ空間歪曲は発生していない』

『しかし、これからもそうだと思うのは、楽観がすぎるだろう』

『過去にアイーシャ夫人が〝何かやらかした場所〟を見張っていたら、そのうち神話世界への門が生まれるかもしれんぞ』

いつのまにか陽もすっかり沈み、ほとんど夜になっていた。

落日の光は、遥か彼方の空にすこしだけ残っている。しかし、恵那とリリアナが立つ更地の一角に——新たな光がいきなり発生した。

人工の照明などない場所なので、きらきらとした輝きが異様に目立つ。

そこには無数の小さな光が半球状に集まっていた。直径十数メートルほど。夜空をいろどる星雲の燦めきにも似ている。

リリアナは息を呑んだ。

「アレク王子の報告とよく似ている」

「うん！　神話世界につながったゲート、空間歪曲――あんな感じだって、王子さまは言ってたよ！」

　恵那も勢い込んで叫んだ。

　しかも、太刀の媛巫女はずんずん『光の集合体』に接近していった。

「待て。うかつに近づくのは危険だ」

「だからって、見ているだけじゃ何もわからないよ。それに王子さまの話どおりなら、近くで観察しても特に問題ないはずだし。本当に危険なのは、なかに飛びこんだときで――」

　直径十数メートルはあろう光のかたまり。

　そのそばまで来て、恵那は急に立ち止まった。おもむろに振りかえり、にやっとリリアナに微笑みかけてくる。どこかいたずらっぽい表情で。

「この際だから――恵那たちでちょっと突入してみようよ」

「魔術による偵察もなしでか!?」

「だって、それがいちばん手っとり早いもの。善は急げって言うしね」

　目の前の不可思議が空間歪曲とやらであるなら、たしかに早期の解決が望まれる。リリアナはうーんとうなり、すこしだけ思案して、おもむろに決意した。

　自然児である清秋院恵那と、魔女術に長けたリリアナ・クラニチャール。

　この組み合わせなら、どんな環境にも柔軟に対応できるはず。そう判断したのである。

「美しいところだな……」

「うん。すごくのどかで暮らしやすそう……」

光のゲートに飛び込み、その先にあった世界を見わたして。

リリアナと恵那は感嘆していた。

そこは湖のほとりであった。

清らかに水は澄み、岸辺には青々と水草が生いしげる。

春のロンドン近郊よりもかなりあたたかだった。すこし暑いほどで、湖水に口をつけ、ごくごく喉を潤したくなるほどだ。

これほど清冽な水ならば、すばらしい甘露なのではないか？

湖畔の木々もみずみずしく、緑ゆたか。さわやかに吹く風が心地よい。

しかし——景色のみごとさよりも、ふたりの目を惹きつけるものたちがあった。

「……今、竜が飛んでいったよね？」

「……あちらで水浴びしているのは妖精か何かか？　絶世の美女と言ってもあながちまちがいではないほど美しいぞ」

「……しかもいっぱいいるし。みんなきれいだよね」

体長二、三〇メートルはあろう緑竜が頭上を通過していった。

蛇のように長い胴体をうねらせ、飛ぶというより『空を泳ぐ』ようにして。頭には鹿を思わせる立派な角が生えていた。翼はない。

西洋式のドラゴンではなく、東洋世界における『竜』であった。

また水辺には絶世の美女たちが七名もいて、きゃっきゃとはしゃいでいる。みんなで水浴びして、戯れているのだ。

みんな肌が白く、コーカソイドの顔立ちだ。髪の色も明るい。

美貌も裸体も神々しいほどにととのい、まぶしいほどであった――否。

絶世の美女たちは皆、きらきらと輝く光の粒子をその身にまとっている。比喩ではなく物理的に光り輝いていた。

また、空にかかる七色の虹はいつまでも消えず、天の飾り物となっていて……。

恵那とリリアナは目配せをかわした。

「これ、やっぱりどこかの神話を再現した世界？」

「すくなくともパラレルワールドではなさそうだな。地球の歴史がどう改変されようと、ここまで堂々と竜や妖精が出没する世界になるとは思えない」

「一体、どこの神話世界だろうね？」

ふたりで意見交換していたとき――

やにわに背後から声をかけられた。ひどく重厚な男の声音で。

「貴様ら、何処から来た？　野盗の類にも見えぬが……聖域を侵す不届き者どもめ。ここは禁足地であるぞ」

その呼びかけで用いられた言語、リリアナも恵那も知っていた。

ふたりそろって、声の方へと視線を向ける。そこには被甲護身の鎧をまとい、険しく憤怒した面相の鬼神がいつのまにか立っていた。

しかも、彼は髪の毛の代わりに『噴きあがる焔』を頭から発している！

「サンスクリット語を話し、焰の髪を持つ武神――ということは！」

「十二神将の宮毘羅大将だよ！　薬師如来に仕えて、霊鷲山を守る鬼神の一柱っ。ここは仏教の神話世界なんだ！」

リリアナと恵那はそろって驚嘆する。

一方、焰髪の鬼神はふたりの乙女に『ぬっ』と近づいてきた。腰に提げた鞘から、太刀を引き抜くおまけ付きで――。

恵那は唖然とした。

「い、いきなり抜いちゃうの？」

「お待ちください。私たちは決してあやしい者では――！」

リリアナがあわてて言いわけする。しかし、鬼神はにべもない。

「何を申す。天女らの沐浴をのぞき見ていたではないか」

「「…………」」

言われてみれば、たしかに。

自衛のため、恵那は神刀・天叢雲剣を呼び出していた。

日本刀に酷似した形状だが、刀身は漆黒。日本国でも随一の神刀だ。が、その切っ先が向けられても、焔髪の鬼神は気にもとめなかった――。

4

さて――ひさしぶりの逢瀬である。

現在、エリカ・ブランデッリはイタリア北部のミラノを拠点としている。ボローニャまでは電車で一時間ほどで来られるはずだが、肝心の護堂がほとんど留守がちだ。

万里谷祐理は日本在住。

籍を置く大学が京都にあるため、住所もそちらだった。

ただし、媛巫女としての職務・草薙護堂の協力者としての役割があるため、日本国内のあちこちによく出向いている。ときに国外まで赴く。

要するに、三人ともめったに会えない状況なのだ。

遠距離恋愛の恋人同士がたいていそうであるように、やはり離れていた分、つのる気持ちも大きくなる。

護堂の『一応、下宿先』であるアパートメントの一室。

女子ふたりを連れての帰宅。荷物を置いて、コーヒーでもいれるかと準備しようとしたものの、道具をどこにしまったかが思い出せない。

あちこちごそごそ探しながら、祐理のうしろにある戸棚を開け——ようとして。

「やっぱり、あとまわしでいいか」

思わず護堂は足を止めていた。

すれちがう瞬間、祐理の目が何かを訴えているように思えたのだ。

身長差があるせいで、一八〇センチを超す護堂の顔を間近から見つめれば、上目遣いになるのは当然。その瞳がなんともさびしげに見えた。

ようやく護堂と会えたにもかかわらず、切なげですらある。

「ずっとこうしたかった」

「私もです」

どちらからともなく身を寄せ合い、ぎゅっとたがいを抱きしめる。

祐理のつややかな黒髪のよい匂いをかいで、護堂はもう自分を抑えきれなくなった。もう数え切れないほど繰りかえしてきたキス。今夜の一回目を愛しい大和撫子と交わすべく顔を寄せていくと、彼女の方もうっとり目をつぶって——

「こら」

後頭部をこつんとこづかれた。エリカの仕業だった。

護堂はあわててキスを中断した。祐理も恥ずかしげに体をすくめ、恐縮する。

「も、申し訳ありません。その、つい気持ちが抑えきれなくなって……」

「祐理はいいの。一応は同じイタリアにいるわたしより、護堂との距離も遠いのだし。でも護堂、あなたにはもうすこし『紳士淑女の協定』を尊重してほしいわね」

「悪い。なんていうか——つい出来心だ」

ばつの悪さを噛みしめつつ、護堂もあやまった。

エリカはうなずき、サロンを取り仕切る女主人のごとき華やかさで言う。

「さあ思い出して。『協定その一。わたしたちは三人以上が同席するとき、誰かひとりを排除することはない。これは絶対原則である』」

「ああ。排除しない」

「だから当然、こうするべきだわ」

エリカに引きよせられて、護堂もそれに応じる。身を寄せる。

当然キスになる。唇と唇を塡め合わせるようなキス。ふたりの舌と唾液が渾然とひとつになる情熱と愛欲の発露。

唇を離したら、すぐさま祐理がエリカのそばに来る。

今度は黒髪の乙女との口づけ。そのまま三人で寝室へと向かう。

——協定その一『排除してはならない』。そうであるのだから、三人以上の協定参加者が同席する場合、いっしょに〝一線を越す〟しか方策はない。

(俺はいつうしろから刺されても文句を言えないな)

と、つくづく護堂は思う。

エリカ・ブランデッリ。万里谷祐理。リリアナ・クラニチャール。清秋院恵那。彼女たちの誰に殺されてもまったく異存はない。

草薙護堂はそれに値する〝ろくでなし〟なのである。

自分を支援してくれる欧州各地の魔術結社、日本の正史編纂委員会、さらに護堂自身の組織である《円卓連盟》のおかげで、金銭面の苦労はまったくない。が、だからといってぜいたくをしたいという欲もなかった。

そんな自分が、ベッドだけは特大のキングサイズを寝室に用意する。

こういう機会がしばしばあるからだった。

「あ……」

一糸まとわぬ姿で護堂に組みしかれる祐理。

奥ゆかしい大和撫子の声は、こういうときもあくまでひかえめだ。

だが、それは消極的だからではなく、護堂の行為をどこまでも柔らかく受け入れ、しっとりと応えてくれる。また、そうして心と体が十分に高まってくるとさりげなく身を起こして、桜色の可憐な唇や白い手で護堂を愛してくれる。

「ん……ん……」

祐理の唇に耳たぶを吸われる。首筋や鎖骨のあたりも。

そこに加わってくるのはもちろんエリカだ。うしろから護堂の背中に絡みつくようにして抱きついてきて、横からキスしてくる。

香水しか身につけていないエリカの乳房と、肌のぬくもりが心地よい。

「もう……。このわたしをこんなに長く放っておくなんて、本当に、あなたでなかったら絶対に許さないところだわ……。ずっと待たせていた分、もっと護堂とこうしていたいの。あなたもそうでしょ——んんっ」

「バカなことを訊（き）くなよ、今さら」

「ふふふ。あなたのキスで口をふさがれるのって素敵。もっとして」

「何度だってしてやるよ」

長い口づけを繰りかえしながら、エリカの肢体（したい）をまさぐる。愛おしむ。

こういうときでも——否（いな）、寝台のなかだからこそエリカ・ブランデッリは情熱に満ちた愛撫（あいぶ）で護堂に迫り、また彼女自身も護堂に惜しみない激しさを求めた。

それでいてエリカは誇り高く、自（みずか）らを強く律してみせる。

彼女が我を忘れるのは本当に最後の一線を越えるときだけで——

「ああ護堂！　もう……もう許して！　わたし、これ以上は——！」

「わ、私の方も——護堂さん！　あ——え、エリカさんいっしょに……！」

この頃になると祐理の方もすっかり高まり、身も心もほぐれている。

エリカと祐理、ふたり手に手を取って、護堂の全てを受けとめてくれた。あとは三人そろってぐったりとベッドに横たわり、しばらく息も絶え絶えで——

ひさしぶりの逢瀬、そして、いつもどおりの顛末（てんまつ）であった。

三人でアパートに帰ってきて、数時間後。

すっかり深夜になっていた。ひとり目を覚ました護堂はそっとベッドを抜け出した。エリカと祐理はまだ眠っている。うすい毛布にくるまったふたりはどちらも裸だった。行為の直後、三人でそろって力尽きたのである。

護堂は冷蔵庫から、ミネラルウォーターを取り出した。

ペットボトルの水で喉を潤していると、物音がした。護堂は言った。

「祐理も飲むか？」

「は、はい。……ふふふふ」

寝る直前まで繰りかえした営みの激しさが照れくさかったのか、恐縮した体でリビングまで来た祐理。しかし護堂の姿を見て、急に微笑んだ。

「どうした？」

「いえ。夜、急に起きても護堂さんがいるので——うれしくなって」

「そうか」

「そうです。護堂さん、なかなか帰ってこられないのですもの」

「悪いなあ」

「はい。ご自分の悪さを自覚してください。その分、わたしたちといっしょの時間をたくさん作ってくださいね？」

「ああ」

珍しくわがままを言う祐理が愛おしく、近寄って抱きしめる。

ここでキスするのはもう自然な成り行きだった。ちなみに、巫女装束やスカート姿が多い祐理だが、今はうすい毛布を体に巻きつけただけという格好だ。

まぶしいほど白い素足、ふとももなども見てとれる。

祐理のこういう姿を見る機会はすくない。肌を重ねるようになってからも、彼女はなるべく護堂の前でしっかり身づくろいをしたがるのである。

「あ……護堂さん――」

軽いキスのつもりが、ついのめりこんでしまった。

何度も祐理の唇をついばみ、そのまま昂ぶりを抑えきれなくなるかと思えた矢先――不意に媛巫女が体をこわばらせた。

ぶるっと全身を震わせ、それから心配そうに窓の方を見る。

「どうした？」

「すごくいやな予感がしたもので……」

おもむろに祐理は歩いていき、窓を開けた。

びゅうっ！　春の夜風がいつのまにか強くなっている。部屋のなかまで吹きこんできた強風を浴びて、護堂は気づいた。これはまさか――。

リビングを見まわす。先刻、あわただしく脱いだ衣服を探すためだった。

「うわー。ちょっとヤバいよねえ、これ！」

「ああ。状況はきわめて危険、好転する材料はなし、だな！」

清秋院恵那とリリアナ・クラニチャール、そろって逃走中だった。

鬼神・宮毘羅大将とまともにやり合い、勝てる道理がない。できたら『神殺し』の成就になってしまう。

隙を突いて全力疾走。手近な森に逃げ込んで、彼を振り切ろうとした。

しかし、これが結果的に大失敗だった。

森のなかには今、おそろしい形相の鬼たちがひしめいていた。蒼黒い肌に逞しい裸身、大きな犬歯と爪をそなえる。いかにも人を喰いそうな面構えだ。

こんな連中がひっきりなしに飛びかかり、襲いかかってくるのである。

「無用な戦いはしたくないが――！」

「そうも言ってられないもんねえ！」

リリアナは愛用のサーベル、魔剣イル・マエストロを振るう。

もちろん恵那も神刀・天叢雲剣を振るう。

ふたりの刃がうなるたび、人食いの鬼どもは切り伏せられ、倒れていく。しかし、一体消えるたびに森の木々が変身をはじめる。

何の変哲もない樹木が人型に変化し――『鬼』と化すのである！

「そういえば！」

　また一体を切り倒しながら、恵那が叫んだ。

「宮毘羅大将は夜叉(やしゃ)の親玉でもあるんだっ。夜叉ってのは森の精で護法の神霊！」

「森の樹木を全て伐(き)り倒さないかぎり、逃れられないわけだな！」

「そんなことしてたら、宮毘羅さんもこっちに来るだろうしね――あ」

　乱戦のまっただなかで、恵那は森の梢(こずえ)を揺らす風に気づいた。

　ほぼ同時にリリアナもハッとしていた。思い出したのだ。自分たちと草薙護堂には、こういうときに役立つ切り札がある！

　リリアナは叫んだ。

「草薙護堂！　あなたの力が今こそ必要です！」

　風の吹くところにおたがいがいれば、名前を唱えた者の前に救世主が現れる。

　それがウルスラグナ第一の化身(けしん)『強風』の能力。たとえ異世界にいようとも草薙護堂を運んできてくれる。

　はたして、彼は来た――。

「祐理の感じたとおりだったな！」

　唐突に旋風がうずまき、その中心に三つの人影が現れた。

　草薙護堂、エリカ・ブランデッリ、万里谷祐理。唯一(ゆいいつ)の人間男性である青年はすかさず言霊(ことだま)を唱えていた。

「ランスロット、頼む――！」

（おお。守護騎士として鬼どもを蹴散らせと言うのだな！）

「いい、いい。槍だけ貸してくれ。おまえ本人が出張らなくてもそれで十分だ！」

（ちっ。せっかく暴れる好機かと思えば！）

草薙護堂と見えざる守護霊の念がやりとりする間に——

天から長槍が落ちてきた。

大地に突き刺さる。その瞬間に爆風が起き、今まさに人間どもへ群がろうとしていた夜叉どもをまとめて吹き飛ばした。

すかさずエリカが叫んだ。

「撤退するチャンスよ、リリィ！　早く！」

「言われなくとも！　ストレガの翼よ！」

リリアナ・クラニチャールの得意とする《飛翔術》。

五人のまわりに青い光が満ちて、その光ごと天へと飛び立つ——。

「ご無事でしたか、恵那さん!?」

「ちょっと怪我したから無事ではないけど、かすり傷だよ。祐理も来てくれたんだね、ありがと——あれえ？」

美しい湖と、水辺の森を見おろしながらの急上昇。

青き《飛翔術》の光につつまれながら、媛巫女同士でやりとりしていた。しかし、恵那が自然児らしく、いきなり鼻をくんくんさせたのだ。

「なんか王様も祐理もエリカさんも……みんな汗くさくない？」

「えっ!?　そ、そんなことはありませんよ？」

「あ、ああ。気のせいだろ。妙なことを気にするんだな、恵那は」

「そうかなあ」

「エリカ、まさか……」

「リリィのくせに鋭いわね。でも仕方ないじゃない？」

　長いつきあいの旧友兼ライバル・リリアナにじろりとにらまれて、エリカは悪びれない顔で肩をすくめた。

「どうにか服は着られたけど、シャワーを浴びる時間はなかったのだし」

「あ。三人だけで愉しんでたんだ！　ずるい！」

「それも、私たちがこんな苦難に巻きこまれている間に!?」

「す、すいません、おふたりとも！」

「ん……まあ、とにかく恵那とリリアナを助けられて、よかったよ」

　ついに事情を見抜いた太刀の媛巫女と銀髪の騎士。エリカは涼しげに開きなおり、祐理は畏縮している。

　そして護堂は鷹揚に締めくくった。

　とにもかくにも、ひさしぶりに五人が勢揃いしたのである。

# 第2章　最後の王の憂鬱

## 1

魔王内戦――。

あのバカバカしくも苛烈をきわめた〝内ゲバ〟を終結させたのは、神殺し・アイーシャ夫人の開いた《妖精の通廊》である。

さて、張本人のアイーシャがどうなったかと言えば――

「なかなか『元いた世界』には帰れないわね……。困ったわあ～」

とか愚痴りながらも笑顔を絶やさず、旅から旅の日々。

もともと時空の旅人であった彼女、魔王内戦の終結後は『パラレルワールド』を渡りあるくという新たな冒険にハマっていた。

さまざまな行き先が楽しい。たとえば、

『超有名ホラー小説のモデル、ドラキュラ公ことヴラド三世が真の吸血鬼と化し、ヨーロッパ全域およびオスマン帝国を支配する魔王となった世界』

『カール大帝の築いたフランク王国が分裂せず、統一帝国でありつづけた世界』

『後漢末期、黄巾の乱が大成功に終わり、黄巾党首脳部による革命政権が誕生した世界』

などなど。

そうしたパラレルワールドから『元いた世界』をめざす帰郷の旅。

世界から世界へ転移する方法はいくつもある。多元世界間の〝抜け道〟を探したり、転移の秘術を使える妖精や大魔術師を探したり。

アイーシャは毎回、知恵と勇気でどうにかしていた。

これでも旅慣れているうえに神殺しなのだ。何とでもなった。危ない目にも遭う。が、おおむね楽しい旅であった。

とはいえ――悩み事もある。

魔王内戦のゴタゴタ以来、権能《妖精の通廊》が使えなくなっていたのである。

やはり、あんな形で大暴走させたことが祟っているのだろう。

「残念だわ。いろいろ素敵な旅を経験させてくれた力なのに」

くすん。さびしい気持ちに駆られて、涙ぐむときもある。

だが、アイーシャは失った権能に執着することもなく、割とさばさばしていた。なくしたものは仕方ない。それより希望の明日へ向かうべきなのだ。

そうして旅する日々の繰りかえし。

しかし、ある夜。眠れるアイーシャは夢のなかで『母』と再会した。

「お義母さま！」

「ひさしぶりね、アイーシャ」

灰色の虚無のみがひたすら広がる空間で、ふたりの乙女が向き合っている。

インド生まれイギリス育ちのアイーシャと、全ての神殺しを導く義母にして女神〝全てをあたえられた〟パンドラ。

義母は例によって、ローティーンの美少女にしか見えないのだが——

「お義母さま、妙にぼやけてないですか？」

パンドラの姿はだいぶうすかった。

華やかなはずの金髪も、白い肌も、身にまとう衣装の白も、ひどく色が淡い。このまま消えてなくなりそうなほどに。

しかも、全身像の輪郭もあちこちぶれている。

パンドラの姿、映像が乱れたテレビ画面に映る人物のようなのだ。

「仕方ないわ。あなた、あたしたちの世界からはずいぶんと遠い世界にいるのだもの」

ぼやけたままパンドラは言った。

「どうにか居場所を見つけて、念を送ってみたの。でも遠すぎるから、どうしても不都合が出てくるわけね」

「はー、なるほどー。そうなんですねえ」

　アイーシャは納得した。

「それでお義母さま。今夜はどのような用向きで？」

「アイーシャが元気にやっているのか知りたかっただけ。その調子なら、心配しなくてもいいみたいね。ま、あなたは散歩のつもりで外に出ただけでも、世紀の大冒険をしてきちゃう子だし。気の済むまで遠くに行くといいでしょ」

「そうさせていただきます！　あ、でも」

　ここぞとアイーシャは訴えた。

「今、通廊を開く権能が使えなくなってて。これ、治ると思います？」

「権能が使えない？　そんなふうには全然感じないけど」

　じっと義理の娘を見つめて、パンドラはつぶやく。

「……喪失ではない。あくまで変質である。内に秘めた力はさらなる混乱と冒険を招き入れるため、生まれ変わりつつある……」

　ノリの軽い女神さまらしくもない、おごそかな口調だった。

　アイーシャは悟った。これは託宣（たくせん）なのだ。神としての霊感でかいま見た何かをうつろな言葉に変えて、通告するための。

　ともかく、そこで夢中での対面は終わった。

　パンドラとの再会は記憶に残らず、アイーシャはふたたび旅の日々であった。

だが、それ以来、失った権能のことを思い出さなくなった。さあ、次に行くパラレルワールドはどんなところだろう……?

尚——

アイーシャは気づいていなかった。

彼女が練り歩いたあとのパラレルワールドで、ある異変が起こりはじめることに。

世界各地に光のゲートが出現しだすのだ。

無数の光が星雲のごとく集まった特異点。アレクサンドル・ガスコインが《空間歪曲》と呼ぶ現象。神話世界へつながる通廊。

今、深奥きわまりない多元世界を未曾有の危機が襲いつつあった。

そう。いつのまにか誕生した『神話世界への強制案内人』が数多のパラレルワールドを勝手気ままに徘徊しているのである!

## 2

「……来たか、勝利の申し子よ」

玉座にすわる人物から、重厚な声で呼びかけられた。

目の前にいる『王』はその声にふさわしい威厳と、髭でおおわれた彫りの深い顔立ち、そして屈強な体格を有している。

足までとどく赤いガウンをまとい、額冠をはめていた。

その手に持つのは王笏――。王位を示す黄金製の杖であった。

「障碍を打ち破る者ウルスラグナ、ダハーカの竜を征伐したる神よ」

「我を召喚したのは、御身であられるか」

王に答える少年、細身で、幼い顔つきだった。

だが、その美貌が放つ輝きはまばゆいほどで、あらゆる民衆を魅了する英雄の威徳に充ち満ちていた。ボロ切れのような外套をまとっていながら、ウルスラグナと呼ばれた少年は地上の何人よりも高貴であるのだ。

ウルスラグナはふてぶてしい口ぶりで言った。

「ならば礼を言わねばなるまい。多元世界の果てより御身が呼んでくれたからこそ、我はふたたび顕現し、肉体を得ることがかなった。おおミスラよ、正しき言葉を語り、千の耳を持つ御方よ。万の目を持つ、みごとなる姿の御方よ。軍神ウルスラグナの感謝をつつしんでお捧げ申し上げる」

「よい。余にはそなたが必要だった。だから呼んだ」

ミスラ王は鷹揚にうなずいた。

古きペルシアの神王にして太陽の神。戦士の神。法の神。牧畜の神。富の神。契約の神。戦闘に特化したウルスラグナよりも、遥かに多彩な権能と属性を持つ。

そして、東方の軍神が仕えるべき聖王――。

ふたりが対峙する場所、どこともつかない城のなかであった。

家臣団が王と謁見するための広間である。しかし、広壮なる聖域にいるのはただミスラとウルスラグナのみ。

「それにしても、ずいぶん遅かったではないか。余の呼びかけ、だいぶ前にとどき、そなたに命と力をあたえていたであろう？」

一対一の状況で、太陽の光輝をまとうミスラは言った。

「いかにも。しかし、旧知にあいさつをせねばならなかった」

聖王の問いにも、少年の顔の軍神はあくまで不遜に応じる。

「今は所用があって旅立つが、いずれ汝のもとにもどると。ふふふ。その程度の戯れ、王者の度量をもって許されよ。それにそもそも」

にやりと笑い、ウルスラグナは太陽神を見つめた。

「我をわざわざ〝遠方より〟呼ぶから、時間もかかる。おおミスラよ、我はここへ至るために時と空間の狭間をいくつも越えねばならなかった」

異なる歴史を歩んだ世界がいくつも――数え切れないほど並行して存在している。

そのような世界の在り方を『多元世界』という。軍神ウルスラグナは一陣の風と化し、世界と世界の狭間を駆け抜けてきたのだ。

遥か彼方の並行世界にいるであろうミスラに召喚されて。

古きペルシアの神王。彼の方もにやりと笑う。

「許せ。そこまでしてでも、そなたを呼ぶ必要があった。実はな。余が守護しておる世界が滅びの危機に瀕(ひん)している。どこぞの世界より忌(い)まわしき魔女——神殺しの魔女めがまぎれこんできたのだ」

「ほう、神殺し！」

「しかも先日、天の星々がこのように告げてきた。『あの魔女めを追って、近く新たな神殺しが到来するであろう』と」

「…………」

「星たちはこうも告げた。新たな神殺しとそなた——勝者ウルスラグナには浅からぬ逆縁があり、そなたこそが彼(か)の者にとって最大の障害となるはずだと」

「なんと」

それが真実ならば、わざわざあいさつしていく必要もなかったか。

くくくく。ウルスラグナは声を殺して笑った。そんな忠臣を頼もしげに見つめながら、聖王ミスラは言う。

「とはいえ軍神よ。おぬしはひとり、対して敵どもは幾人もおる。余、ミスラが助太刀(すけだち)できればよいのだが——」

「何かできない理由がおありだと？」

「うむ。しかし、このようなものを授けることはできる」

「これは!?」

　聖王ミスラがさっと王笏を振る。

　直後、ウルスラグナの眼前に一振りの大剣が顕れた。石の床に突き刺さっている。白金色に輝く刃は幅広でぶあつく、鉈にも似ていた。

　その刀身、子供の背丈ほどもある。すさまじき神刀であった。

「なんと。こやつをふたたび見ることになるとは……」

　ウルスラグナは呆然とつぶやいた。

　叡智あふれる勝利の神にあるまじき口ぶり。だが仕方ない。彼ほどの軍神を心の底から驚嘆せしめる出来事だったのだ。

　……英雄ラーマと宿敵・草薙護堂が共闘した、あの戦いで。

　この世の最後に顕れる王はこれを——魔王殺しの神刀を振るっていた。

「救世の神刀、とやらであったな」

　輝く白金色の神刀を見据えて、東方の軍神はその名を口にした。

　ミスラはうなずいて、さらに言う。

「ウルスラグナよ。おまえのいた世界のミスラと今ここにいる余は同一の神格ながら、いくつかちがいもある。たとえば異名だ」

「ほう?」

「神殺しの魔王どもが地上にはびこるとき、それを全て打ち倒す戦士——魔王殲滅の勇者について知る者は、余を『この世の最後に顕れる王』と呼ぶ」

「…………」

「ここでは余こそが『最後の王』なのだ」

「なるほど。左様であったか」

ウルスラグナは事情を察した。

己がもともといた世界は『ラーマ王を勇者とする世界』。そこから呼び出されて、はるばるやってきたここは『ミスラ王を勇者とする世界』。

そう。ラーマチャンドラ王でなくとも、ふさわしい神はいるはずなのだ。

運命神より救世の神刀を授かり、魔王殲滅の勇者となりうる神は。

並行世界――人間どもの言う〝ぱられるわーるど〟は数多あり、常にラーマ王が勇者の役割を演じているわけではなかったのだ。

ウルスラグナは凄絶に笑った。

「よくぞ我を――この我をここに導いてくれた！」

無論、『勇者ミスラの世界』にもウルスラグナはいるだろう。

しかし、いずれ此処に来るはずの男を迎え撃つため、我は呼ばれた！　神殺し・草薙護堂と対決するために！

あの男の宿敵であるという一点を見込まれて！

「ふふふふ。感謝するぞ、ミスラ王！」

「先ほども申したが礼はよい。うすうす察してはいよう？　余がもはや戦場に立てる体にあらず。救世の剣にふさわしき戦士ではないと」

「御意」

たしかに、眼前の聖王は太陽のごとき存在だった。

だが、それは白昼の太陽ではない。むしろ落日であった。威厳あふれる壮年の男でありながら、彼はぐったり疲れ切っていた。

濃茶色の髪には白いものが目立ち、両目の隈が濃い。

顔色は悪く、威厳にあふれてはいるものの、玉座から立ちあがるそぶりすら見せず、寝たきりの老人のようにすら思える。

ウルスラグナは言った。

「だいぶ命をすり減らしておられるな」

「うむ。魔王殲滅を成就させるため、救世の神刀を幾度も――数え切れぬほど振るってきた代償だ」

不滅であるべき神王の心身をこれだけ消耗させるほどに。

そうか。ウルスラグナは理解した。『ラーマ王の世界』では、魔王殲滅の勇者はひたすら表に出ようとせず、一千年も休眠していた。だから、彼はさほど消耗していなかった。だが、より勤勉な勇者は〝すり減る〟のも早い……。

魔王殲滅の武具は、神の命さえも削るほどの代物だったのだ。

しかし、べつの疑問を抱いて、ウルスラグナは訊(たず)ねた。

「だが、神殺しどもはめったに生まれるものではない。彼奴(かやつ)らがまったく存在しない時代も珍しくないはずじゃ。どうしてそこまで消耗された？」

「余は神殺しのみならず、『まつろわぬ神』どもも成敗(せいばい)していった」

「なんと!?」

「地上を徘徊(はいかい)する『まつろわぬ神』がいるからこそ、それを殺(あや)めて、神殺しが誕生する。ならば、そのように不心得な神も誅殺(ちゅうさつ)すればいい。おかげで『最後の王ミスラの世界』にはもう四百年以上も神殺しは現れていない」

「…………」

同朋たる神族の者たちを、魔王殲滅の神が救世の神刀で抹殺(まっさつ)していた。

その凶行を告白した最後の王ミスラ。威徳にあふれる彼の目に、一瞬だけ狂的な頑迷(がんめい)さがかいま見えた。が、それも本当に一瞬だった。

すぐにミスラは威厳を取りもどし、憂(うれ)える王者の顔で言う。

「ともかく、最後の王ミスラが守護する世界は長きにおよぶ平穏を謳歌(おうか)していたのだ。だというのに……」

「外の世界より神殺しがまぎれこんできた――」

「うむ。これを見よ」

ミスラと軍神の前に、透明な泡がひとつ湧き出てきた。

泡のなかでは乙女が人間どもの街を闊歩している。褐色の肌。好奇心旺盛な瞳。異教の尼僧が着る衣をまとっていた。

きわめて温和そうな顔つきだが——ウルスラグナにはわかる。

神殺し特有の『災厄の申し子』にふさわしい雰囲気、この女にも明らかにある！

「軍神よ。そなたのいた世界より、わざわざ渡ってきた魔女だ。この者を追って、いずれ汝の宿敵も到来するはず。それよりも先に……」

ミスラの王笏が褐色の魔女を指ししめす。

「救世の剣をたずさえ、魔王殲滅の戦いを開始せよ。よいな？」

「御意。——しかし主よ。もうひとつ疑問に答えていただこう」

「何だ？」

弱りはてた王の姿を、ウルスラグナは鋭く見つめた。

「智慧の剣を持つ我にはわかる。御身の体、とうに滅しているはずでは？」

「…………」

「太陽のごとき御方、みごとなる姿のミスラよ。我は全ての敵と悪魔を退け、神々の秘された謎を剣にて切り裂く者。我の目には明らかだ。魔王殲滅の戦いで疲弊した御身の体に——もはや命の火は残っておらぬ。だというのに、なぜまだ存命であられる？」

没する寸前の落日にも似たミスラの姿。

はじめ、ウルスラグナは命をすり減らしただけと思った。だが、次第に気づきはじめた。眼前のミスラはいわば燃えがらだと。

　とっくに命が尽きはて、骸となっているはずだった。

　秘密を見抜かれた聖王ミスラは――いきなりにやりと微笑んだ。

「さすがだな、軍神。いかにもそのとおり。まことであれば、余の体は四百年あまりも前に滅しているはずであった。だが《時の秘神》の権能によって、死を迎える寸前で――時を止めてもらった」

「時を止めた？　なんと！」

　驚くウルスラグナに、ミスラは主としてうなずきかける。

「万一のための備えよ。新たな神殺しがふたたび生まれたときは、余自らがふさわしき戦士を召喚し――その者に『最後の王』の運命を託したいと。そして、無限の時を司る秘神ズルワーンがついに死すべき余の時間を動かした」

　ミスラのすわる玉座、そのすぐそばに異形の神が顕れた。

　それは『仮面』だった。宙に浮く石造りの面。しかも、雄々しい獅子の貌とたてがみを模している――だけではない。

　仮面の両脇――右端にも左端にも『蛇』が生えている！

　蛇は二匹ともしっかり生きていた。うねうねと身をくねらせている。

「そうか！　われらの王を御身が守護していたのだな、ズルワーン！　永劫と無限を司る秘神にして、光と闇の創造主よ！　運命をも司る神よ！」

興奮にまかせて、ウルスラグナは叫んだ。

時間の神ズルワーン——獅子をかたどった石仮面は無言だった。ただ仮面の両端から生やした蛇が『しゅーっ』と舌を出すだけ。

代わりにミスラが言う。

「軍神よ。ミスラに残された時はすくない。一刻も早く神殺しの魔女めを倒し、我が居城（きょじょう）《無限時間の神殿》に帰還せよ」

「御意！」

東方の軍神ウルスラグナが神王ミスラと向き合っている場所。

その名も《無限時間の神殿》。時と永劫の神ズルワーンの聖域でもあった。

3

またまた新たな世界にやってきた。

パラレルワールド。もともとアイーシャのいた世界とは、異なる歴史を歩んだ地球。そのはずだった。しかし——

「どういうことかしら？」

アイーシャは眉をひそめた。

「わたくしにとっての『故郷』である地球と何もちがわないように見えるわ」

二一世紀前半の日本国、首都東京。

しかも電気街として、また観光地として有名な秋葉原——。

そこが彼女の現在位置であった。〝前の世界〟で出会った妖精王に無理を言って、転移の門を開いてもらった。それをくぐると秋葉原だったのだ。

ここに着いたのは、なじみの街だからか。

アイーシャはかつて、ここで住み込みメイドとしてはたらいていた。

土地勘もある。ビルひとつが丸ごと本売り場という駅近くの大型書店に入り、まっすぐ歴史コーナーに向かった。

適当な世界史の本を取り、年表をチェック。

「まあ。イエスさまがロックミュージシャンにもなっていないし、中世ヨーロッパで蒸気機関の発明も行われていない、ＵＦＯでやってきた宇宙人がブッダの教えに帰依してカルカッタを宇宙港にも変えていない……ごくごくふつうの、わたくしが生まれ育った地球と同じ年表。もしかして、うっかり『もとの世界』に帰ってきちゃったのかしら？」

パラレルワールドを巡る大遠征、ついに一時中断か。

アイーシャはため息をつき、書棚に本をもどした。とぼとぼと歩き出す。

「仕方ないわ。とりあえず東京だし、草薙さんのところに顔でも出そうかしら？　あの人の住所を知ってそうな人は……」

書店を出て、秋葉原駅の近くをうろうろする。

大手チェーンの質屋を見つけた。すぐさま飛びこんだのは、予期せぬ日本入国だったので日本円の手持ちがないからだ。

いや、そもそも二一世紀地球で使える現金を一切所持していない。

が、そこは旅慣れたアイーシャ。こんなこともあろうかと、時代・国を問わずに換金の容易な宝石や小さな宝飾品を隠し持っている。

そのあたりを質草にして、どうにか現金を確保した。

まあ、若干のトラブルが発生もしたが……。

「え、身分証明書？　すいません、あいにくと手元にないので……ここはひとつ、わたくしの笑顔が担保ということで！　おねがいします！」

いつもの調子で困難を乗り切り、路銀を手に入れて。

アイーシャは街歩きを再開――そして、だんだんと気づきはじめた。

「あら？　駅前のプロレスカフェがいつのまにかべつのお店になっているわ。結構気に入っていたのに……。新しいお店はエーケービー・カフェというのね……」

残念がりながら、街歩きをつづける。

が、だんだんとアイーシャは眉をひそめはじめた。

電気街の街並みをぱっと見た印象、記憶と大差ない。家電・パソコンから日用雑貨にゲームなどまであつかう量販店。安売り・タックスフリーを謳う店。ＯＴＡＫＵご用達の各種アイテムを売る専門書店。ちょっといかがわしい大人のお店。裏通りや、雑居ビルなどでひっそり営業する個人商店――。

しかし、だ。

よくよく見れば、アイーシャの記憶にある店名はほとんどない。

「オラックスやホソマップだったビル、名前が変わってしまっているわ……。メイド喫茶で同僚だったハルミさんが休憩のたびに通っていたアニマイト腐ガールズ店もちょっとちがう店名に――」

おびただしい数の外国人観光客が行き来し、メイドたちが観光マップを配る。

そんな街なので、前の世界から着たままの『黒い修道女の衣・頭巾とヴェール付き』インド系美少女もさほど目立たない。

アイーシャは、ずんずん歩調を速めた。

ピンときていた。直感をたしかめるべく飛びこんだのは、こぎれいな漫画喫茶。書棚にずらりとならぶコミックの背表紙を眺めて、小声で叫ぶ。

「やっぱり！」

少女マンガのコーナー。アイーシャの知るタイトルがひとつもない。

これでも秋葉原住まいの頃、夜な夜な漫喫に通い、結構読みこんでいたのである。

あのときに見た作品はひとつもなく、代わりに『トーマの心臓』『BANANA FISH』『日出処の天子』『有閑倶楽部』『天は赤い川のほとり』『ふしぎ遊戯』などの書名が目の前にならんでいる――。

「そうだったのね……」

アイーシャはうなずいた。

「やっぱり、ここはパラレルワールドのひとつ。歴史上のイベントに関してはもとの世界とたいした差異はないようだけど——歴史と直接関係のない世界の細かな部分は、かなりちがっているんだわ」

もといた世界が『version1・1』なら、ここはさしずめ『1・2』。

双方の間には誤差程度のちがいしかないのだろう。こういうパラレルワールドもあったとは驚きだが——

「旅先としてはいまいち面白みに欠けるわよね。それとも、まだわたくしの気づいてない何かがここにはあるのかしら……あら?」

膨大な蔵書をぼんやり眺めながら、漫画喫茶のなかを歩いていた。

途中、ふと見つけた長編コミックがなんとなく気になった。アイーシャは一巻を手に取り、立ち読みしてみた。

「アンドロメダまで行ける銀河鉄道なんていいわね……。あら!? あらあら、まあまあ、お母さんが!? ゆ——許せないわ機械伯爵!」

迷わず一巻から一〇巻までをごそっと棚から引き抜く。

謎の美女と共に宇宙を旅する少年の大冒険譚。アイーシャは個室に移り、じっくり楽しみはじめるのだった。

……アイーシャはここでも気づいていなかった。

同じ漫画喫茶の店内に、なんともあやしい少年がいることに。

体をすっぽり隠す外套はボロ布も同然。灰色にうすよごれている。背格好は一四、五歳なのだが、フードをかぶっているので顔立ちは見えない。

そして、何より奇妙なことがひとつ。

こうもあやしい風体なのに、少年はまったく注目を受けていない――。

彼は口元にほのかな微笑を浮かべていた。アルカイック・スマイル。それは『ついに獲物を見つけた』という狩人の笑みであった。


読書に集中していたので、夜が更けるのも早い。

「あら、もう一〇時。そろそろ寝ましょうか」

アイーシャは漫画本を閉じて、つぶやいた。

この漫画喫茶はナイトパックもあり、宿泊できる。明日は早くから活動をはじめるつもりなので、もう就寝することにした。

「明日はもうちょっと、この世界の事情を調べてみましょう……」

予定を頭のなかで整理しながら、アイーシャは個室を出た。

読んでいた漫画本一〇冊を両手で抱えている。もとの棚にもどすつもりだった。だがアイーシャはハッとした。

いちばん近くの棚にどさっと漫画本をつっこみ、店内を見まわす。

いやな感じがした。やけに空気が張りつめている。しかも、客・店員を問わず、自分以外の人間が誰もいない――

否（いな）。ひとりだけ、ボロ布のような外套をまとう人物がたたずんでいる！

アイーシャはさっと窓際（まどぎわ）まで動いた。

駅近ビルの二階という立地。店の奥は一面ガラス張りで車道を見下ろせる。交通量はすくないが、まだまだ道行く人は多い。

しかも、なんという幸運。窓に金属バットが立てかけてある。

買ったばかりらしく、販売店の包装紙がまかれていた。忘れ物のようだ。アイーシャは迷わず手に取って、思いっ切りスイングする！

「ていっ！」

金属バットで一撃。

目の前の窓ガラスが『がしゃーん！』と砕け散った。

夜風が吹きこんでくる。アイーシャは窓の外へ、ひらりと飛び出した。

「短い間ですが、お世話になりました！」

ビルの二階から地上へいきなりのダイブ。

しゃがみこむ姿勢で着地して、落下の衝撃を和（やわ）らげる。

常人なら両足・両膝（ひざ）へ相当なダメージが加わるはずだが、カンピオーネの頑健（がんけん）すぎる肉体は

この程度で悲鳴を上げたりしない
道行く人々が何事かと視線を浴びせてきたが、まったく気にせず。

アイーシャは歩道をたたたっと駆けていった。

「善行には善果あるべし、悪行には悪果あるべし。あとで必ずいいことするので、どうかアイーシャをお守りください……」

ぶつぶつ唱えながら、やってきたのはＪＲの中央改札。

緊急時なので改札ゲートをひらっと跳び越える。切符を買っている暇などない！

「そのうち、どうにかして切符代分の恩返しをしますからーっ！」

たたたたたた！　ホームと階段を駆け抜けていった。

ちょうど発車寸前だった電車に飛びこめた。

そこそこ人でにぎわう車内。だが混雑というほどではない。アイーシャは「ふぅ～」と一息ついて、電車のドアにもたれかかった。その直後。

窓の外を見て、心底仰天した。

「あれは!?」

深夜だというのに――鷹が飛んでいる。

この車両と並行する形で、悠々と飛翔していた。しかも猛禽の瞳は車内、それもドアにもたれかかるアイーシャへ向けられていた！

# 4

がしゃん！

窓ガラスの砕け散る音、今夜だけで二度目であった。

アイーシャの乗る車両へ、いきなり鷹が飛びこんできたのだ。窓を体当たりであっさり突き破って。

ただし、破った窓のまわりに乗客はひとりもいなかった。

大量のガラス片が飛び散ったものの、車内の誰も傷ついていない。

単なる偶然か、配慮したのか。いずれにせよ、妖しき鷹は侵入直後に変化した。堂々たる猛禽の姿から人間の姿へ――。

さっきの漫画喫茶にいたボロ外套の人物である。アイーシャはぼやいた。

「ううっ。やっぱりさっきの人ですか」

「せわしない娘じゃのう。我の話を聞こうともせず、いきなり遁走とは」

鷹揚な口ぶりで『少年』は語った。

小柄、そしてとびきりの美少年。黒髪で繊細な顔立ちだった。

だが十代なかばとおぼしき外見年齢に反して、おそろしいほどの風格をそなえている。一方で電車の乗客たちは狼狽していた。

——だ、誰なの、あれ？

——何かの撮影とか？

——鳥みたいなのが飛びこんでこなかった、今？

この車両に居合わせた人々は一〇名前後。友人同士とおぼしき若い女子三人がひそひそ話していた。しかし、誰も騒いだりはしない。

威圧されているのだ。アイーシャと対峙する少年の風格に。

まちがいない。神殺しのひとりとして、ずばりアイーシャは言った。

「あなた、神様ですね？」

「いかにも。やはり神殺しにはすぐ見抜かれるか」

アイーシャの心身に、もりもり力がみなぎっていた。

仇敵である神族を迎え撃てと、戦闘態勢をととのえたのだ。もちろん平和を愛するアイーシャはそんな蛮行に走りはしない。

しないが、少年神はあからさまに剣呑な雰囲気であった。

粗暴さなど微塵も感じさせないのに、彼の澄んだ瞳は闘志で溌剌としている！

「あのですね。わたくし、あなたと戦う気なんて、これっぽっちも——」

「すまぬな。おぬしになくとも、こちらにはある」

少年の姿の神はにやっと笑った。

「我が主はおぬしに神罰を下すおつもりなのだ。我はその執行人よ」

「神罰!?」

アイーシャは愕然とした。

「わ、わたくし、何も悪いことしてませんっ。ここに来たばかりですし！」

「それがな。この世界——おぬしの生まれた世界とは大きく異なる点がある」

「えっ？」

少年に通告されて、とまどった。

アイーシャが無数のパラレルワールドを渡りあるく旅人と承知している物言い。少年神はさらに超然と言う。

「ここは『神殺しの存在を許さぬ世界』。おぬしらの世界では五人、六人と神殺しどもが並び立つこともあっただろう。しかし、ここでは——神殺しがひとり誕生するだけでも、すみやかに『最後の王』が降臨する」

この世の最後に顕れる王、魔王殲滅の勇者！

アイーシャは瞠目した。なんとここにもいたのだ。しかも、かつてかいま見たラーマ王よりも遥かに勤勉な勇者さまが。

「バージョン1・2みたいな世界だと思ったら、こんなちがいがあったのね……。じゃあ、あなたが『最後の王』なのかしら？」

「いや。我はあくまで、あの方の近侍に過ぎぬ。まだな」

「そう……」

勇者さま本人ではない。アイーシャはすこし安堵した。

が、少年はふてぶてしい顔つきで、こんなことを言ってのける！

「しかし主に代わって救世の剣を取り、神殺しめに相応の報いをあたえてやるつもりじゃ。覚悟を決めよ、魔女」

「そんなああーっ!?」

少年に宣告されて、アイーシャが嘆いた瞬間だった。

ふたりを遠巻きに眺めていた乗客たち一〇名前後、彼らの雰囲気が変わった。皆、動揺か困惑のどちらかだったのに、いきなり怒気をみなぎらせたのである。

それも、神である少年への怒りだった。

「おいガキ！　その人を傷つけるのは許さねえぞ！」

「そうだ！　女の子相手に恥ずかしいと思わないのか！」

「子供のくせにサイテー！　生意気すぎる！」

口々に少年を糾弾する乗客たち。

みんな、行きずりのアイーシャを守るつもりなのだ。

「まあ……みなさん、ありがとうございます！」

アイーシャは胸を熱くした。

いやまあ、いつもどおりに《魅了》の権能が勝手にはたらいて、まわりの人々を籠絡したという見方もできるだろう。だが、だからといって、人間のやさしさへの感謝と感動を忘れるほど、アイーシャはすさんでいなかった。

同じ車両に居合わせただけの乗客たち、みんなアイーシャのそばにやってくる。自らの体を盾にして、少年から守ってくれるつもりなのだ。

「ふふふふ。おぬしらもけなげよな」

一方、少年は微笑んでいた。

アルカイック・スマイル。霞むような笑みと共に告げる。

「愛い者どもめ。しかし、英雄たる我の行く手を阻むとは感心せぬぞ。さがっておれ」

「え——っ!?」

アイーシャは驚愕した。

神殺しの女王を守るはずだった人々、あっさりアイーシャの背後にさがり、そのうえ電車の床にひざまずいたのである！

しかも、少年に向けて叩頭し、額を床にこすりつける。

全員がそうしていた。ひとりの例外もない。少年は満足そうにうなずく。

「よい子らじゃ。善き哉！」

「あ、あなたも同じ力を持っているのね……」

神殺し・アイーシャ夫人が持つのと同じ《魅了》の権能。

それを見せつけた少年、悠々と歩みよってくる。ついにアイーシャに向けて、右手をのばしてきて——

「髪美しき女神の娘よ、母なる大地の宮を開き給え！」

とっさにアイーシャは言霊を唱えていた。

春と冬の女神ペルセポネ。その権能を解きはなつ口訣。実は漫画喫茶を逃げ出すときから用意していたのだ。

慈悲深き癒やしの権能を反転させて、『冬と氷雪』を呼ぶために――。

これでアイーシャ、修羅場の経験は数え切れない。少年神を一目見た瞬間から、ただ逃げるだけでは切り抜けられないと予感していた。

「凍てつく吹雪よ、わたくしのもとに！」

「ぬうっ。東方の軍神を氷漬けにするつもりか！」

唱えた言霊はあらゆる命を停止させる冷気となった。

少年神の動きもぴたりと止まる。その直後に電車も御茶ノ水駅にすべり込み、停車ののちに全てのドアが開く。

アイーシャは躊躇せず、外へ走り出た。

（ちなみに、彼女の放った冷気は乗っていた電車と駅ホームにまで広がっていった。乗客と運転手、ホームにいた人々までも呑みこんで、七、八〇名をまとめて低体温症に追い込むことになる……）

いちじるしく体温が下がったせいで、ぐったり動けなくなった人々。

そのなかをひとり元気に、アイーシャは走り抜けていった。

「す、すいません、みなさん！　このお詫びはいずれじっくり、機会があったら必ずいたしますから～！」

彼女の背中を追うように、冷気も駅舎の外まで這い出てくる。

割と広範囲に広がりそうな——否、下手をしたら千代田・文京・台東の三区にまたがって広がりそうにも感じたが、今はケアできない。

走る。走る。自慢の快足でアイーシャはひたすら遁走する。

逃げるときはとにかく全力。それが危険な旅路を生きのびるため、アイーシャが得た旅人の知恵であった。

しかし、駅近くのニコライ堂まで来たところで——

魔獣の咆哮がやにわに轟いた。

ォォォォォォオオオオオオオオオオンンンンンンンッ！

「あら？　これってどこかで聞いたような？」

走りながらアイーシャは首をかしげた。

直後に、今度は『ドォォォォォォォンッ！』と建物が崩壊する轟音。ちょうど前を通りすぎるところだったニコライ堂が崩れ去る音であった。

ニコライ堂。正しくは東京復活大聖堂。

一九世紀の末、ロシア正教を伝導するため来日した聖ニコライの呼びかけによって、この地に建築された。

関東大震災、東京大空襲も経験した聖域である。

そのドームを、屋根を、内側から突き崩すのは『猪』だった。

体長二〇メートルはあろう巨大な体躯のイノシシ。全身が黒く、魁偉なほど逞しい。その瞳は獰猛かつ爛々と輝き、口からはすさまじい咆哮が放たれる。

――オオオオオオォォォォォォォンンンンッ！

それは衝撃波をともなう吠え声だった。

「きゃあああっ!?」

声にふっとばされて、アイーシャはしりもちをついた。

そして風が吹く。はじめはそよ風。すぐに渦巻く旋風となり、やがてはびゅうびゅう吹き抜ける強風となって――忽然と、あの少年神がアイーシャの前に現れた。

巨大すぎるイノシシはいつのまにか消えていた。

「手間をかけさせてくれるのう、神殺し」

「あ、あなたと同じ権能を持っている人、わたくし知ってます！」

「ふふふふ。軍神ウルスラグナの宿敵を知る魔女よ。追いかけっこはもう終わりじゃ」

東方の軍神がアルカイック・スマイルで告げる。

が、それであきらめる人間が神を殺められるはずもない。必死に活路を探して、しりもちをついたままアイーシャはきょろきょろ周囲を見まわす。

――妖しき道を拓いたのはおそらく、その必死さであった。

「あらまあ！」

「む!?　ここにも神域の門が開いたか！」

ウルスラグナが眉をひそめる。

ニコライ堂前の車道に、光の集合体がやにわに具現した。

無数の小さな光が集まって、星雲にも似た輝きを放っているのである。創造者の直感でアイーシャは即座に悟った。

「《通廊》の権能、やっぱりなくなっていなかったのね！」

バネ仕掛けのように『ぴょん！』と立ちあがり、勢いよく飛びこんでいく。

星雲のごとき光のなかへ。ここを通り抜けた先には、きっと胸躍る冒険の大地が待っている――。

確信と共にアイーシャは旅立つ、はずだった。

しかし、光の通廊へ入った瞬間に、天から降ってくる声を聞いた。

『行かせはせぬぞ、神殺しよ』

「えっ!?」

『最後の王ミスラと、永劫の時を司るズルワーンの名において、汝を我が城へ召集する。神域の門を開いたことが命取りとなったな』

「ひええええええっ!?」

本来、《通廊》が連れていってくれる目的地――。

それが強制的に変更された。そうと悟って、頭をかかえるアイーシャであった。

## 5

かくして、アイーシャはふたたび転移したのである。

たどりついた場所は、白亜（はくあ）の宮殿だった。

広壮な館が中心にあり、七つの塔と美しい庭園、水路、泉などにかこまれている。建造物はほとんど白い石造り。神々や王侯の住まいにふさわしい広さと瀟洒（しょうしゃ）さであった。

アイーシャは今、庭園にいた。

人工の池と噴水がなんとも雅（みやび）で、色あざやかな草花にあふれている。

しかし、神殿の敷地内であることを示す石畳の先は――乾いた砂漠であった。

白い砂ばかりの大地がひたすら広がり、草木はまったく生えていない。夜の砂漠にぽつんと存在する聖域、白亜の神殿なのだ。

代わりに、天に輝く星々の光が驚くほどにまぶしい。

特にひときわ大きな青い星がすぐ頭上に――

「えっ、地球!?」

アイーシャは目を疑った。

大海原の青に大地の緑と茶がまざり、雲を示す白色もアクセントとなる。

衛星写真などで見る地球の姿であった。ここは宇宙だとでもいうのだろうか？　とまどうアイーシャを見て、軍神ウルスラグナがフッと微笑む。

「我が主の住まい《無限時間の神殿》によく来た」

「はー……つまり、ここは地上のどこでもない、特別な空間なんですね。前に訪ねた《プルタルコスさんの館》みたいな——」

「その館のことは知らぬが、おぬしの理解は正しい」

ウルスラグナは訳知り顔で言った。

「この神殿であれば、おぬしがどれだけ暴れようとも迷惑をこうむる民はいない。存分に力比べをできようぞ。さあ参れ」

「い、いえ！　来たばかりですけど、そろそろおいとまいたします！」

「——ならぬ」

アイーシャの前にいきなり、王者の威風をまとう壮年の男が現れた。

彼の神名、おそらくミスラなのだろう。その重厚な声、さっき転移の途中で聞いたものと同じであった。

王の登場を受けて、少年の姿のウルスラグナはさっとひざまずく。

また、ミスラのそばには『獅子の石仮面』まで顕れた。宙に浮いている。百獣の王を模した仮面の両脇からは〝生きた蛇〟が生えていた。

蛇たちはアイーシャに牙をむき、『しゃーっ！』と威嚇してくる。

そして、ミスラはひそやかに語りはじめた。

「これより裁きをはじめる。神殺しの魔女よ、名前は？」

「あ、アイーシャです」

「よし」

王侯の衣をまとうミスラは、手に持つ王笏をアイーシャに突きつけた。

「ならばアイーシャよ。法の神にして最後の王ミスラは、汝に死の裁きを下す。刑の執行は救世の剣持つウルスラグナに託す――」

「ひぃっ!?」

「と、言いたいところだが……」

壮年の王侯はここで沈痛な面持ちになった。

「口惜しいことに、そうは言えぬ事情ができた」

「ほう。我が主にしてズルワーンの加護を受けし御方よ。いかがなされた？」

面白そうに少年の瞳を輝かせ、ウルスラグナが口を挟んだ。

ミスラは重厚ながらも悔しさのにじみ出る声で言う。

「この魔女めには『異なる世界への通廊を開く』権能がある。それが近年、通廊のつながる先がもっぱら『神話の領域』ばかりとなった」

「ほほう」

王と軍神の語らいを聞いて、アイーシャはハッとした。

神話の領域とは、つまり神話世界。そういえば。

（ときどきだけど、通廊がオリュンポス山とかミズガルドにつながるときがあったものね。何年か前の大暴走のせいで、そんなふうに能力が変わったんだわ！）

納得するアイーシャをよそに、ミスラはさらに語る。

「この魔女めが考えなしに造りつづけた通廊の数、百や二百ではきかぬ。その数——実に四七三にも達する。それらが今、全て何らかの神域につながってしまった」

「なんとも恐るべき所行。正義を体現する神としては」

ウルスラグナは酷薄に微笑した。

「すみやかに処刑すべし。そう思うが？」

「余も同感である。しかし、時を超越するズルワーンの加護が、ある未来を幻視させた。この魔女を誅殺すれば最期、四七三もの通廊は全て断末魔の暴走をはじめ——数多の神話世界にどのような疵痕を残すかもわからぬ」

「ほう!?」

「多くの通廊は消滅するであろう。だが、いくつかは消えず、しぶとく残りつづけるどころか、決して交わらぬはずの神話の領域同士をつなぐ……抜け穴となろう！」

ミスラは怒りと共に吐き捨てた。

「たとえば、古きペルシアの神域と、遥か後世に生まれたアステカ神域がつながれば――ウルスラグナやミスラの隣に『羽毛におおわれた蛇の神』がならびたつやもしれぬぞ。そして外より来た神が全て賢明だとはかぎらぬ。愚かにも気の向くままに大暴れし、あるべき神話の筋書きを変えてしまうことも……」

「たしかにありえるのう」

警告を受け、ウルスラグナは聡明な少年の顔でつぶやく。

「神話の筋書が変わる。本来いるはずのない神がいるべきでない神話に現れる。それはわれら神々の在り方を大きく変えてしまうであろうな……」

「うむ。ゆえに、この魔女を殺めてはならぬ」

古きペルシアの神王はおごそかに告げた。

一方、不機嫌な神々とは逆に、アイーシャはホッとしていた。

どうやら命の危険は去ったらしい。あとはどうにかして二柱の神を拝みたおして、もとの世界に帰還させてもらおう――

そう思っていたのに。ミスラは言った。

「神殺しの魔女アイーシャは殺さず、しかし、その権能は全て封じる。手立てはすでに講じてある……」

壮年の王侯はさっと目配せした。

ずっと空中で待機していた『獅子の石仮面』が――いつのまにか、アイーシャのすぐ目の前に来ていた。

仮面から生えた蛇二匹、その片方がアイーシャの首筋に嚙みついてくる。

とっさのことでかわせず、たちまち意識が遠くなった。自らの体内に恐るべき神力が流れこんでくるのをアイーシャは感じた――。


「……あら?」

唐突に目を覚まし、アイーシャはきょとんとした。

住み込みメイドとして、長年お世話になった屋敷の厨房(ちゅうぼう)である。

「わたくし、寝ちゃってたのね。疲れてるのかしら。いろいろあったものね」

椅子に腰かけたまま作業台につっぷして、居眠りしていたらしい。

厨房、いや、お屋敷にはアイーシャしかいない。一カ月前まで、ここは所有者の『お嬢さま』と使用人たちでにぎわっていた。

しかし、お嬢さまが突然の病(やまい)で急死し、屋敷も人手に渡った。

最後のひとりとしてアイーシャが出ていけば、完全に無人となる。

「これからどうしましょう。仕事も、住む家もなくなってしまったし」

アイーシャはしんみりとつぶやいた。

英国植民地のインドで生まれた彼女、幼い頃に本国へやってきた。英国人の富豪一家に気に入られて、お嬢さま付きのメイドとなったのだ。

だが、やさしかった旦那さまと奥さま、お嬢さまは流行病で立てつづけに――

くすん。涙がこみあげてくる。

「いけないわ、アイーシャ。亡くなった方たちの分まで、元気に生きなくちゃ。お嬢さまが行きたいとおっしゃっていたギリシアにでも旅行してみようかしら……」

アイーシャを気に入っていたお嬢さまがささやかな遺産を残してくれた。

旅費なら十分にある。旅立つなら今しかない！

……時代は夢の一八五〇年代であった。

ヨーロッパ全体が一種の狂騒に呑みこまれていた。産業革命にともなう技術革新。蒸気機関の普及。アジア方面への植民地拡大。

その時代を生きるインド人メイドのアイーシャ、一七歳になったばかり。

人生の転機を、早くも迎えていた。

大きな旅行カバンを引きずるようにして、褐色の少女が歩いていく。

出てきたお屋敷の方を振りかえりもしない。行き先は駅。機関車に乗って、彼女は長い旅路につくはずだった。そして最初の神殺しを果たす。

魔女アイーシャによる、女神ペルセポネの殺戮であった。しかし。

「しかし今回、あの娘は神と出会わない。そうじゃな、主よ？」

「うむ。例の仕掛けがあるゆえな」

　軍神ウルスラグナの問いに、王侯の衣をまとうミスラは返事した。

　主従の背後には獅子の石仮面が待機し、宙に浮いている。三柱の神が見つめているのは泉だった。

　聖域《無限時間の神殿》の一隅にある清泉――。

　その水面に、旅立つアイーシャの姿が映っていた。ミスラは語る。

「ズルワーンの神力を借り、あの者の肉体と魂を一七歳になった頃まで巻きもどした。さらに過去へさかのぼらせ、一六〇年前に送りこんだ。あの娘が神殺しとなる寸前、ただの人間であった時代に」

「時を超越するズルワーンの権能、なんとすさまじい」

　ウルスラグナは心からの賛辞を口にした。

「あちらは人間どもの暦で言うところの一八五七年……そうであったな」

「左様。この年、少女アイーシャは女神ペルセポネと出会う。だが、それは『最後の王ラーマの世界』において。今回、あの魔女を送りこんだ先はちがう」

「御身が『最後の王ミスラ』として築いた――魔王根絶後の世界」

「うむ」

　ミスラはうなずいた。

「少女アイーシャはあのまま神と出会わず、只人のまま旅をつづける。が、あるとき数奇な運命のいたずらにより、思わぬ不幸に見舞われるであろう」

「ほう！」

泉の水面では、少女アイーシャの人生がすさまじい速さで進行していた。

ギリシアの地での旅を満喫し、そのまま英国には帰らず地中海(ちちゅうかい)の各地を周遊、やがて訪れた某国で――

「かくて神殺しは生まれず、あの娘は永遠の眠りにつく。あまねく多元世界の平穏と均衡(きんこう)は永劫(えいごう)に守られるであろう」

「あの魔女めをかくのごとき手で封じるか。おみごとじゃ！」

ウルスラグナは手を叩いて、賛辞した。

対して、時間の神に守護されし主はおごそかに言う。

「次はそなたの番だ、ウルスラグナ。まもなく魔女アイーシャを追って、そなたの宿敵がやってくる。必ず返り討ちにせよ」

「御意(ぎょい)」

草薙護堂(くさなぎごどう)。一度は友であった仇敵の名だ。

いよいよ再戦の時。闘志が昂(たか)ぶってくるのをウルスラグナは感じた。

# 第3章　この世の彼方の聖域で

1

「神話を再現した世界か……。ま、神様が地上に出てくるくらいだから、それくらいあってもおかしくないよな」

ぼそりと護堂はつぶやいた。

空間歪曲とやらをくぐり、夜叉や天女の住む世界から帰還したのは二時間ばかり前。今は深夜のロンドンにいる。

チャリングクロス駅近くのホテル、その一室である。

ロンドンに先乗りしていたリリアナが泊まっていた宿だ。幸いにも人数分の空き部屋が押さえられたので、みんなでやってきた。

ヴィクトリア朝時代を偲ばせる、重厚なレンガ造りの建物だった。

が、部屋の内装はモノトーンを主体としたモダンな雰囲気。そして、護堂のそばにはリリアナと恵那がいる。

「あんな危ないところの偵察、よくがんばってくれたな。疲れただろう?」

「大丈夫。ちょっとドキドキしたけど、王様も助けに来てくれたしね。もう一度、乗りこんできたっていいくらいだよ。ねえリリアナさん?」

「……いや」

笑顔の恵那に対して、リリアナは思案顔でつぶやいた。

ちなみに、エリカと祐理は割り当てられた部屋でもう休んでいる。ロンドンにいたふたりだけが護堂のところにいるのだ。

ダブルベッドにすわっていた護堂のそばに、リリアナも腰を下ろした。

「草薙護堂。あなたのために危険を冒した騎士へ、義務をお果たしください」

「?　どういうことだ?」

「どうも先ほどの戦闘で負った手傷が——痛みます。主君として、傷の確認をしていただけますか?」

同じベッドに腰かけて、間近からリリアナは上目遣いに見つめてくる。

護堂の印象では、銀髪の騎士と太刀の媛巫女、どちらも負傷した様子はなかったのだが。しかし、リリアナの熱っぽい瞳を前にして、護堂はすぐに理解した。

「たしかに急いだ方がよさそうだな。どれ」

「——んっ」

護堂はすばやく女騎士の唇をふさいだ。

おたがい目を閉ざして、長い口づけ。十分に舌も絡め合う。

「……痛むか？」

「いえ。ここはさほど。もっとたしかめてください」

「よし」

耳たぶ、白い首筋にも唇を這わせていく。

そのままいつまでも少女のように華奢なリリアナをベッドに押したおし、衣服を一枚ずつ脱がしていく。

すっかりあらわになった素肌はまぶしいほどに白い。

東欧の血を引くリリアナの肢体、肉感的な雰囲気はまったくない。むしろ妖精と呼びたくなるほどに現実離れした美をそなえていた。

また、もちろん負傷の痕跡はどこにもなかった。

その細い体を組みしいて、護堂は愛撫を繰りかえしていく。

「どの辺が痛む？　ここはどうだ？」

「そ、そこは――ん……っ。もっとわたしの全部をたしかめて……」

「わかった」

請われるまま、護堂は手と唇と舌でリリアナの全てを確認していく。

肩。二の腕。ゆるやかながらも美しく隆起した乳房。真っ白な腹に、さらにその下。ふともも——。

途中、リリアナが護堂の背中に両手を回し、強くしがみついてくる。

「我が主よ。もっとキスを——」

組み伏せられたまま、むさぼるように接吻も求めてくる。

ひどく情熱的な、まさしく恋人同士のやりとり。しかし、リリアナはこういうときほど『主従関係』であることを確認したがる。

どうも、そうすることで彼女は倒錯した高揚感を得ているらしい。

ベッドの上で『騎士』だと言うときほどリリアナは熱っぽく、燃えさかる火のように草薙護堂を求めてくるのだ。

「ん……んんんんっ！」

今、凜々しい女騎士はシーツに顔をうずめて、背中をさらしている。

絹のような手ざわりの肌に護堂は唇をすべらせ、するとリリアナは必死に声を押し殺しながらも歓喜の極みへと己を昂ぶらせていく——。

そこにようやく恵那が割り込んできた。

「り、リリアナさんばかり、ずるいよ……」

王と騎士が絡み合うベッドの上に、おずおずと恵那ものぼってきた。

ちょうどリリアナが息も絶え絶えとなっていたので、護堂はいつも奔放な大和撫子へと向きなおった。

こういうときの恵那はいつまでも初々しく、恥ずかしげにしている。

顔を伏せて、護堂を直視しようとしない。服も着たままだ。そんな媛巫女のおとがいに護堂は手を添え、持ちあげて、キスをする。

長く唇と舌で愛し合ったあと、ぼそりと恵那は言った。

「え、恵那のことも脱がせてくれなきゃヤだ」

「わかった」

「リリアナさんと同じくらい可愛がってくれなきゃヤだ。王様のこと恨んじゃう」

「わかったよ」

苦笑しながら、護堂はここぞとわがままになった恵那を裸にしていく。

丁寧に口づけと愛撫をつづけていくうち、へそを曲げていた媛巫女の全身から力が抜け、だんだんと高まっていった。

「ん……王様にそうされるの好き。大好き……」

興奮がある一線を越えると、恵那はいつもの大胆さを取りもどしていく。

今までずっと組みしかれていたのに、唐突に護堂の上にのしかかって、熱っぽいキスを唇やそれ以外の場所に降らせていく。

さらに、リリアナにはない量感たっぷりの乳房を強く押しつけてくる。

「王様。恵那の全部をあげるから、あまり意地悪しないで……。あ、でも、ほんのすこしだけなら、ああいうときのドキドキも悪くないけど……」

押しつぶされる。

「もう！　こういうときの王様って本当に悪い人！」

護堂に抱きついてきた素肌が熱い。ぎゅっ。恵那のすばらしくゆたかな乳房がふたりの間で押しつぶされる。

「悪い。おまえが可愛いから、つい」


そうやって恵那とじゃれ合っていると、そばにリリアナも来た。

「草薙護堂。わたしのことも忘れないで——」

「あ、ダメっ。恵那だって、もっと王様に可愛がってもらわなきゃ」

あとは三人で行くところまで行きつくのみ。

リリアナが全身を痙攣させ、恵那が心ゆくまで満足し、護堂も力の限り彼女たちを愛おしんだところで、三人とも精根尽きはてた。

神話世界での戦闘と逃走よりも密度の濃いひとときであった。


事が終わったあと、三人ですこしの間まどろんでいた。

身支度もせずにそれぞれ毛布をかぶり、ダブルベッドでうとうと。疲れた体を自堕落にだらだらさせるのが妙に楽しい。

窓の外では、空が白みはじめていた。もう明け方なのだ。

「昨日はいろいろありすぎて、ホテルに入るのも遅かったからな……」

「でも王様。今、恵那はとっても幸せ。いっしょに夜明けを迎えるなんて、めったにできないもんね。ねえ？」

「ええ。わたしも清秋院恵那と同感です」

弛緩した空気のなか、同じ寝床で睦言を交わす。

情事のあとのけだるさをこうして共有するのもひさしぶりだった。

できれば、ずっとこうしていたいところ。が、そろそろ毛布を抜け出して、シャワーでも浴びようか——護堂が考えたとき。

リリアナが「あっ」と声を上げた。

「そうでした。草薙護堂、あなた宛に連絡が入っています」

「俺に？　どこから？」

言葉で答える前に、リリアナはベッドを抜け出していた。

毛布もはねのけ、のびやかな裸身をさらしながら手荷物を探る。彼女が取り出したのはスマホだった。

そういえば、護堂の携帯電話やパスポートはボローニャに置きっぱなしである。

ウルスラグナの権能によって、身ひとつで神話世界へ転移したからだ。あとで《召喚》の魔術でも使い、取り寄せてもらう必要があった。

実は、こういうことがちょくちょくある。

ここ数年、草薙護堂と連絡を取りづらくなる一因であった。

そしてリリアナが差し出したスマホには、日本からのメールが表示されていた。

「これです。ご覧ください」

「えっ!?　あいつ、そんなことになってたのか!?」

　護堂は驚愕し、すぐさま決意した。

　いろいろあわただしい時期だが、ただちに帰国しなくてはと。

## 2

「明日香ちゃん、すごくきれい！　なんか感動しちゃう」

「ああ。式に出られてよかったよ」

　妹・草薙静花の感慨深げなコメントに、護堂はしみじみと答えた。

　ロンドンで『明日香ちゃん、結婚するってよ』と知らされたのは、わずか三日前。そこから大急ぎで飛行機の席を確保した。

　不本意ながら、『欧州では絶大な、魔王としての影響力』のおかげだった。

　地元の根津三丁目に帰ってきたのは、昨日の夕方だ。

　なんという強行軍。だが無理した甲斐あって、日曜日の午前一一時、どうにか護堂は文京区の結婚式場にいた。

　本物の教会ではないが、お洒落なチャペルが敷地内にある。

　その式場でのガーデン・ウェディング。きれいな青空が広がっている。

草薙護堂・静花の兄妹は珍しく正装して、三〇名前後の出席者に交じっていた。

祭壇の前で、神父と新郎新婦が向き合っている。

白いウェディングドレスの新婦はもちろん、徳永明日香であった。

同じ根津三丁目の商店街で生まれ育った草薙兄妹の幼なじみ。勝ち気でしっかり者だった少女もいまや成人して、花嫁となっていた。

二〇代後半の会社員だという新郎といっしょに、誓いを立てている。

「明日香が結婚するって、リリアナにも連絡してくれて助かった。ありがとうな、静花。おかげで欠席せずに済んだ」

隣にいる妹にしか聞こえない小声で、護堂はささやいた。

「俺、いそがしいと携帯とかパソコンのメールをめったにチェックできなくなるんだ。危うく見逃すところだった」

「実はひかりの入れ知恵。リリアナさん経由の方が確実に伝わるかもって」

「なるほど。あいかわらず気が利くな、あいつは」

「明日香ちゃんのおなかが大きくなる前に式をやろうって、日取りを大急ぎで決めたんだけどさ。一週間前になってもお兄ちゃんと連絡取れないから、そろそろまずそうだぞってひかりと話してたの」

婚姻の儀式が進むなか、ひそひそ護堂と静花はささやき合う。

が、ただ祝福するだけでなく、こんな話題になるところが草薙兄妹であった。

「明日香ちゃん、とりあえず幸せそうでよかった〜。安心した」

「ま、結婚式の当日だしな。あとあと何が起こるにせよ、今日くらいは完全無欠の幸福感ってやつを満喫してなきゃまずいだろ」

「うちの親戚にもいるもんね。ハネムーン直後の成田離婚を三回繰りかえした猛者」

「門前仲町のおばさんな。披露宴のあとは気持ちが冷めるってよく言うしなー」

曲者ぞろいの草薙一族、なかでもいちばんの派手好き。

バブル時代はその筋のディスコで夜通し盛りあがっていたという女傑。正確な続柄は覚えてないものの、とにかく草薙兄妹にとっては『おばさん』であった。母・真世の飲み友達でもある彼女は四回ほど結婚歴がある自由人だ。

草薙兄妹の両親も、とっくの昔に離婚している。

まあ、父・弦蔵と母・真世は離婚後もちょくちょく会っては、いっしょに酒場へ繰り出す間柄なので、〝ふつうの離婚夫婦〟とはだいぶ毛色がちがうのだが。

その血を引く草薙静花、今日はおめかししていた。

パステルブルーのワンピースとパールのネックレスで文句なく可憐だった。

が、この格好には少々不似合いなことを、静花は口にする。

「たぶん大丈夫だよ。明日香ちゃん、常識人で優等生だし。思わぬ形での授かり婚でも、きっと上手いこと家庭を築くんじゃないかな？」

「ま、もちろん俺もそう思ってはいるけどな」

「何かあったら、そのときはそのとき。あたしたちが全面的に明日香ちゃんの味方になればいいでしょ。とりあえず、心とお金と法律の三方向から」

苦笑する兄の横で、さらりと付け足す静花。

この辺がやはり、並の大学生女子とはひと味ちがう。

ちなみに昨日、護堂は根津三丁目の実家に荷物を置くと、そのまま明日香の家に向かった。

結婚式の前日、幼なじみは家族と過ごしていた。

寿司屋を営む徳永家の前で、護堂は明日香と立ち話をしたのだ。

『おまえがもう結婚なんてなあ。そういえば、大学の方はどうした？　たしか、まだ三年生くらいだろ？』

護堂が訊くと、大人っぽくなった明日香は教えてくれた。

『今は赤ん坊を最優先。休学ってことにした。子育てが一段落したら、復学して、きちんと卒業する……予定』

『予定か』

『予定は未定だけど、なんとかなるでしょ』

母は強しというところか。明日香は晴れやかな顔で宣言した。

もろもろの現実や家族の不理解から、予定どおりに行動することは決して容易ではないだろう。が、ともかく明日香は前向きであった。

草薙護堂が日本を離れていた五年間、幼なじみにもいろいろあったのだ。

その辺はあえて掘り下げず、護堂はにやっと笑いかけた。

『とにかくおめでとう。ああ、何か困ったことが起きたら、とりあえず俺にも連絡しろよ。すぐに駆けつけられなくても、必ずおまえの顔を見にいく』

『本当？　あんた、ずいぶんいそがしいみたいじゃない？』

『大丈夫だよ。俺が行くまで時間がかかりそうなときは、おまえの近くにいる仲間に声をかけることだってできる』

朋友が困っていると聞けば、助けの手を差しのべる。

護堂自身の手がとどかない場所にいるなら、誰かに代理を頼む。幸い、草薙護堂にはたのもしい仲間が多かった。

そんな護堂を前にして、明日香はくすっと吹き出した。

『昔から変わらないね、護堂は』

『そうか？　結構、子供の頃とは変わってるはずだけどな』

『あー、女の子が相手でも物怖じしなくなったところとかはね。でも、あんたは昔から、友達のためなら手間暇を惜しまないやつだったよ。ほら、小学生のときも……』

明日香はうれしそうに、昔話を蒸しかえした。

結婚する幼なじみとの四方山話。予想外に楽しいひとときだった。

式のあと、護堂は二次会にも参加する予定だった。

新郎新婦の親しい友人を集めた小パーティー。しかし会場に静花だけを残し、花嫁の明日香には「悪い、急用ができた」とあいさつして、実家へ立ち寄る。

スーツから普段着にきがえて、向かった先は――

千代田(ちよだ)区の御茶ノ水(おちゃのみず)だった。

ＪＲの御茶ノ水駅から見て、聖橋(ひじりばし)方面が封鎖(ふうさ)されていた。

交通規制のテープがはりめぐらされ、この一帯に一般人は入れないよう措置されていた。警備に当たるのは所轄警察署の警官たちや、機動隊員だった。

が、護堂は『顔パス』で封鎖のなかに入っていく。

出迎えてくれたのは、旧知の三人であった。

「おひさしぶりです、お兄さま！」

「や、お呼び立てして、申し訳ありません」

「めでたい席にいらっしゃるとは聞いていましたが、緊急事態が起きましてね。でも、われらが王のご尊顔をひさしぶりに拝見できて、この上ないよろこびですよ」

万里谷(まりや)ひかり。巫女装束(みこしょうぞく)をまとう女子高生。

甘粕冬馬(あまかすとうま)はくたびれた背広姿。正史編纂(せいしへんさん)委員のマスターニンジャ。

そして、沙耶宮馨(さやのみやかおる)。男装の麗人にして遊び人、正史編纂委員会のリーダー。近づいてくる三人へ、護堂はすぐに声をかけた。

「緊急事態って……それのことだよな、馨さん？」

「ええ。おっしゃるとおりです」

目の前に奇怪すぎる現象が生じている。

東京は文京区育ちの護堂、千代田区育ちの馨。

ふたりにとって、御茶ノ水のニコライ堂はよく知る建物だった。しかし今、その歴史的建造物の前に——星雲のごとき光の集合体が出現していた。

直径は十数メートルほど。きらきらして、ひどくまぶしい。

超自然現象に護堂があらためて見入っていると、脇から声がかけられる。

「どう、護堂？　うわさの特異点がまたしても出現したわよ」

「一週間と経たないうちに再発生するとは、予想外でしたね」

エリカ・ブランデッリ。リリアナ・クラニチャール。

イタリアはミラノ出身のふたりだけではない。日本の媛巫女たちもいる。

「なんか、すごい勢いで事態が深刻化してるよねー。東京にも出てくるなんて、びっくりしちゃったよ」

「護堂さん——私、ひとつ報告したいことが……」

清秋院恵那。万里谷祐理。草薙護堂の『覇権』とやらを支える中核メンバーがひさしぶりに日本、それも東京都に集結していた。

が、ほかの三人とくらべて、祐理だけが切迫した面持ちだ。

ということは——護堂は訊ねた。

「何か視えたのか、祐理？」

「はい。ここに来た瞬間、目の前が真っ暗になって……幻視が降りてきたんです。黒い影に呑みこまれるアイーシャ夫人の御姿が――」

誰よりも傑出した霊視力者の言葉に、護堂はうなずいた。

「ついに来るべきものが来たな……。どこをふらふらしてるのかもはっきりしないアイーシャさんの手がかり、ようやく出てきたか」

「でもね護堂。問題がひとつあるの」

感じ入っていると、エリカに言われた。リリアナも口添えする。

「ええ。この特異点に突入した経験のあるわたしと、清秋院恵那で、内部を偵察してみようと試みたのですが――」

「恵那たちにはちょっと無理かも。王様なら危険はないと思うけど……」

「けど？」

「やっぱり、通過できないんじゃないかな」

恵那に言われて、護堂は「どれ」と近づいていった。

燦めく空間歪曲のなかへ入ろうとして――

ばちばちばちっ！

いくつもの火花が護堂の体を襲った。

魔術や呪詛に強い耐性を持つカンピオーネの肉体でなければ、稲妻に撃たれたも同然の衝撃を味わっただろう。が、もちろん草薙護堂には関係ない。

ばちばち火花を浴びながら、強引に空間歪曲点のなかへ侵入しようとした。

しかし、できない。

見えない壁でもあるかのように、これ以上進むことができなかった。

護堂はあきらめて、空間歪曲から離れる。ばちばちうるさかった火花がようやく収まり、静寂がもどってきた。

「神話世界へのゲートだって話なのに、誰も入れないのか！」

「護堂でも無理なら、そうなるでしょうね。どうにかして合い鍵を調達しないといけないみたい。それか錠前自体を壊してしまうか――」

歪曲点の外へ出た護堂のもとに来て、エリカが言う。

今回の帰国中、神話世界の件は棚上げかと思っていたのだが。思わぬ形で手がかりを得た護堂であった。

3

「あのゲートを使えないよう、誰かが守りの魔法みたいなやつをかけたんだろうなあ」

空間歪曲の光を見おろしながら、護堂はつぶやいた。

ニコライ堂前に出現した超常のゲート。無数の光が星雲のように集まっている。それを護堂は雑居ビルの屋上から眺めていたのだ。

この一帯は警察と、正史編纂(せいしへんさん)委員会によって封鎖されている。

避難勧告によって一般人もいない。今いるビルをふくめたニコライ堂周辺の建物、その内外にいるのは関係者のみである。

本当なら、護堂は対策本部となった仮設テントにでもいるべきだった。

だが、あえてひとりでいる。その方がいろいろ都合よいのだ。〝気の利(き)く彼女〟も来やすいはずで――

ぎいっ。重い鉄製ドアが開く音だった。

護堂を探して、期待どおりの人物が屋上にやってきたのだ。

「……お兄さま。今よろしいですか？」

「ああ。ひかりのことだから、そろそろ来てくれると思ったよ」

「本当ですか？　ふふふふ。お兄さまに信頼されてるみたいでうれしいです」

来たのは万里谷(まりや)ひかりだった。

うれしそうに微笑んでいる。初めて会ったときは小学生だった万里谷家の次女。今日はなつかしい城楠(じょうなん)学院の制服を着ていた。

もうすぐひかりも一七歳。かつて護堂が通った高校に在籍中だ。

「みたいどころか、おまえのことはすごく信頼してるよ。でもな、ひかり」

「なんでしょう？」

「どうして制服に着替えてるんだ？　さっきまで巫女(みこ)の衣装だっただろ」

「もちろん、お兄さまに見ていただきたかったからです！　高校生になってから、お会いするのは初めてですし！」

　護堂の前まで来て、ひかりはくるりと回ってみせた。

　おかげで正面だけでなく、制服のうしろ姿までしっかり確認できた。昔、城楠学院に通っていた高校時代は毎日見ていたセーラー服だ。

　背丈も手足ものびて、すっかり女らしくなっている。

　姉の万里谷祐理(ゆり)にだいぶ似てきた。が、ひかりは淑(しと)やかな大和撫子(やまとなでしこ)の姉よりも親しみやすい雰囲気だった。

　ずいぶんと成長した少女を前にして、護堂は言う。

「そういえば最後に会ったとき、ひかりは中三だったもんな」

「はい。それで例の約束をしていただいて……」

　うれしそうにつぶやいてから、ひかりはうつむいた。

　あのときの一幕を思い出し、恥ずかしくなったのだろう。歳上でしかも『姉のお相手』でもある男に思いの丈(たけ)をぶつけたときの――。

　そして、護堂は『高校生になったら』と答えて……。

「なあ、ひかり。あの空間歪曲ってやつさ。どうして通れないと思う？」

　あえて過去の件にはふれず、護堂は眼下を指さした。

　五階建て雑居ビルの屋上。その端っこから空間歪曲点を見おろしている。無数の光がひとかたまりとなっていた。

「お姉ちゃんが言ってました。侵入を禁じる呪法で鍵がかけられていると」

「だよな。俺でも押し通れないから、相当な強さだ。たぶん神様か、それに近い連中が仕掛けたものだぞ」

「わたしなんかの力じゃ、手も足も出せませんね」

「だろうな。ふつうなら」

「はい。何か強力な加護でもなければ、とても……」

　ひかりは強い意志の宿った瞳で、護堂の顔を見あげている。

　小学生の頃から利発で気配り上手だった少女はすっかり成長して、草薙護堂のような『ろくでなし』と同じ道を歩もうと望んでいた。

　その決意が痛いほどに伝わってきて――護堂はひかりをひきよせた。

　緊張した面持ちの少女が愛おしい。だから言った。

「約束どおり、俺がくたばるまでつきあってくれるか？　知ってのとおり、俺は相当にろくでもない男だから、まともな死に方はできないし、迷惑もさんざんかけるだろうけど……。それでもいっしょにいられる間は、おまえのためにできるかぎりのことをする」

「全て覚悟しています、お兄さま……」

　震える声でけなげに返事して、ひかりは目を閉じた。

スでもある。

　護堂は顔を寄せて、少女の唇に口づけする。約束の証だった。ひかりにとっては初めてのキ
　しばらくして、護堂は唇を離した。

「次はすこしきついぞ。耐えてくれよ」

「もちろんです。お姉ちゃんやエリカ姉さまとなさっているのを……その、こっそり見て、ちゃんとわかってますから……」

「そんなことやってたのか、おまえ」

「だって、姉さまたちがうらやましかったから……」

　苦笑する護堂に対して、ひかりが甘えるように言いわけする。

　この娘はよくできた〝いい子〟ながら、甘え上手でもあるのだ。そういう性格もまた護堂には可愛らしい。

　目を細めながら、護堂は口のなかで唱えた。

「真なる言葉を祈念せよ。これらの語句は強力にして堅固なり。これらの語句は頭を失いたる者すら救う――」

　それから、あらためてひかりにキスする。

　唱えたばかりの聖句と――勝利の神の加護を吹きこむために。

「あ……ああっ⁉」

　ひかりが全身をがくがくと震わせ、もたれかかってくる。

護堂はそれをしっかりと受けとめた。ひかりの体は火のように熱い。下賜された『加護』が少女のなかで熱く燃えさかり、大きな負荷をかけてしまっているのだ。慣れるまで足下も定まらないはずだった。

「ご、ごめんなさい、お兄さま」

「気にするな。俺につかまりながらでいいから歩けるか？　もしダメなら、抱っこして運んでやるぞ？」

「お……お姫さま抱っこみたいにしてくださるんですか……？」

「ああ。一応、鍛えているしな」

「う、うれしいですけど、大丈夫です。そんなところ見られたら、お姉ちゃんたちの機嫌が悪くなるかもですし」

疲弊した面持ちながら、ひかりはけなげに微笑んでくれた。

汗だくである。だが頼もしいことに、早くも『加護』に慣れてきたようだ。万里谷祐理の妹でもある彼女はおどけた口ぶりで護堂の耳に唇を寄せてきた。

甘いささやき声で、こう訴える。

「だから今度――ふたりきりになったとき、おねがいしますね」

草薙護堂はひとつめの権能を軍神ウルスラグナより簒奪した。

グリニッジの賢人議会によって《東方の軍神》と名づけられたが、本人たちはいたってシンプルに「十の化身」などと呼んでいた。

要は十種類の必殺技であり、全てに使用条件がある。

第一の化身は『強風』。危機に瀕した者が草薙護堂の名を唱えたときのみ使える。

第二の化身は『雄牛』。人を超える怪力の持ち主と戦うときのみ使える。

第三の化身は『白馬』。民衆を苦しめる大罪人に対してのみ使える。

第四の化身は『駱駝』。深傷を負ったときのみ使える。

第五の化身は『猪』。巨大な何かを贄として黒き神獣に差し出すときのみ使える。

第六の化身は『少年』。草薙護堂のために誰かが戦い、傷ついたときに使える。

第七の化身は『鳳』。高速の攻撃を受けたときに使える。

第八の化身は『雄羊』。瀕死の重傷を負い、死亡する直前のみ使える。

第九の化身は『山羊』。集まった群衆が怒りや恐怖、混乱で心を乱したときに使える。

第十の化身は『戦士』。対峙する神が何者か、真に理解できたときのみ使える。

まあ、どれも気軽に使えるわけではない。

しかし、この権能を得てから六年ほどが経っていた。歳月の分だけ能力の掌握も進み、なかには使用条件がゆるやかになった化身もあった。

それが『少年』だった。

軍神ウルスラグナは輝く一五歳の少年として、しばしば地上に降臨したという。

そうして迷える民衆を導き、庇護するのである。その性質を具現する『少年』、かつては護堂のために命を懸(か)けた者にしか使えなかったが――

「慣れてきたか、ひかり？」

「はい。ここにお兄さまからいただいた力が宿っているのを感じます。とてもあたたかくて力強い――すごく頼もしいです」

おへそより下のあたりを両手でさわり、ひかりが幸せそうに目を細めていた。

この部位こそが臍下丹田(せいかたんでん)。人体のなかでも要所中の要所である。呪術・霊能の使い手にとっては気と呪力を生み出す源であった。

そこに加護をひそませたひかりを連れて、護堂は歩き出した。

さっきまで雑居ビルの屋上に出て、空間歪曲を見おろしていた。今は同じビルの玄関口にいる。そこから〝現場〟であるニコライ堂の前まで二分とかからない。

「よし行こう。おまえの力、当てにさせてもらうぞ」

「まかせてください！」

光のゲートである空間歪曲。その前に重要人物たちが集まっていた。

沙耶宮馨(さやのみやかおる)。甘粕冬馬(あまかすとうま)。そして草薙護堂の最も重要な仲間である女性陣。代表格であるエリカ・ブランデッリが真っ先に声をかけてくる。

「どこに行ってたの、護堂？　ひかりまで連れて？」

「ちょうど今、みなさんには一度撤収していただこうかと話をしていたんですよ。あとはわれわれ正史編纂委員会にまかせてもらう形で」

甘粕冬馬も言う。隣で沙耶宮馨もうなずいていた。

「ええ。とりあえず一晩、対策を考えてみようかということで。……でも護堂さん、そのお顔から察するに、もしかして秘策あり、ですか？」

さすが性別不詳の才子。馨は鋭く訊ねてきた。

こちらの自信に満ちた態度から、ピンときたのだろう。護堂は笑った。

「ああ。実は今まで作戦会議をしていた。その門、力ずくでこじ開けようってな。もう準備はできたから――頼む、ひかり」

「はいっ」

元気のよい返事と共に、ひかりが空間歪曲へ向かっていく。

姉の祐理があわてて呼び止めようとした。

「いけません！　護堂さんとちがって、私たちがそこに入ったら!?」

「大丈夫。見ていて、お姉ちゃ――あっ!?」

ゲートに入ろうとしたひかりは無数の火花に襲われた。

さっき護堂も浴びせられた洗礼だ。呪法の類がほとんど効かないカンピオーネにはロウソクの火の方がむしろ熱いほどだった。しかし、神殺しにあらざる者にとっては――

すさまじい閃熱である。

それも、骨さえ残らぬほどに灼き尽くされるほどの。

だが、ひかりは禍々しい火花で幾度もばちばち打たれながら、凛と気迫をみなぎらせて電光に耐え、さらに言霊まで唱えはじめる。

「凶を浄め、災を退け、厄を祓う。是すなわち幸いなる者の霊験なり！」

「えっ？　平気なの、ひかり!?」

「そうか！　あの娘に加護をあたえましたね、草薙護堂!?」

恵那が唖然とし、リリアナは察しよく問いただしてきた。

その間にもひかりは詠唱を続け、霊力《禍祓い》を行使していた。

神祖とも呼ばれた魔女たちの血を引くのが媛巫女たち。その血脈ゆえに天性の霊能力を生まれながらに備えている。

ひかりの《禍祓い》は術法や霊力を消し去る能力だった。

無論、『まつろわぬ神』クラスが行使した力を打ち消せるほどの霊験はない。

しかし、たとえば草薙護堂が『少年』の化身でウルスラグナの加護を授けたならば――閃熱による妨害にも耐え、守りの術を打ち破れるはず。

予想どおりだった。ひかりを休みなく襲っていた火花が不意に全て消えた。

「や、やりました、お兄さま！」

笑顔で報告してから――

ひかりがばたりと倒れこみそうになる。

渾身の《禍祓い》で精根尽きはてたのだ。護堂はすばやく飛び出して、殊勲の媛巫女をしっかり抱きとめた。

けなげに献身してくれた少女にうなずきかける。

一方、この一部始終を見とどけて、甘粕が感心していた。

「そうでしたそうでした。『少年』の化身による加護、事前に授けられるようにもなってたんですよね。話で聞いただけだったので、すっかり失念してましたよ」

「最近、いっしょに〝現場〟へ出ないですからね」

護堂は答えた。年長の甘粕には敬語を使う。この六年、変わっていない習慣だ。が、ウルスラグナの権能にはいくつかの発展的変化が起きていた。

特に『少年』の化身が成長いちじるしい。

加護を授ける方法も口づけ以外にいくつか発見できている。だから護堂は言った。

「必要なときは甘粕さんにも……」

「遠慮しておきます。加護をいただいても草薙さんのために命を懸けないと発動できないんじゃ、たぶん役に立ちません。私の作戦はいつも『いのちだいじに』ですから」

いつもの甘粕節でさらりとかわされた。

すると、すかさず口を挟むのが『上司』の沙耶宮馨だった。

「ぼくは興味あるな。そのうち、甘粕さんといっしょに下賜していただくとしよう」

「馨さんが出来心を起こすのは勝手ですけどね。部下まで巻きこまないでくださいよ。最近じゃブラック企業に厳しいのが世間の風潮ですよ」

「いいじゃないか。『刃』の下で『心』を殺すのが忍びの心得だろう?」

正史編纂委員のふたりが冗談めかして労働争議をしている。

この感じがなんともなつかしく、護堂は笑った。それから、まだ抱いたままだったひかりにささやきかける。

「じゃあ行ってくる。約束の続きはもどってきてからな」

「はい! お待ちしております、お兄さま!」

「甘粕さん。後始末の方、お願いします。神様か悪魔のどっちが待ってるかはわかりませんけど──俺はとりあえず、このゲートの向こうを見てきますので」

「了解しました、国王陛下。適材適所の役割分担に感謝です」

疲弊しきったひかりを託しながらの要請に、甘粕はおどけて答える。

彼らに見送られながら、護堂はついに空間歪曲の光のなかへと入っていった。もう例の火花に妨害はされない。

光。光。光。内部ではおびただしい光が乱舞している。

万華鏡に入りこんだかのようだった。そのきらびやかな空間を踏み越えていくと、唐突に目の前の光景が一変する。

……そこは美しい庭園だった。

白い大理石で造られた噴水や小さなプール。緑の芝生にみずみずしい低木の植え込み、色とりどりの花々など、心和む景色がすぐ前にある。

遠くを見れば白亜(はくあ)の宮殿や塔が建っていた。

さらにその先は乾ききった砂漠。頭上の夜空を見あげれば、なんと地球とおぼしき青い巨星の偉容が輝いている――。

護堂は独りごちた。

「ここもどこかの神話世界、なのか……？」

「どうでしょう？　私はむしろ、以前に訪れた《プルタルコスの館》を思い出します。幽世(かくりよ)の果てに存在する〝時空の特異点〟――」

「祐理!?」

いつのまにか万里谷祐理がすぐうしろに来ていた。

出会ったばかりの頃、しばしば彼女が見せた怒り顔。草薙護堂の非道をいさめるときの凜々(りり)しい表情をふたたび浮かべて、こちらをにらんでいる。

「お、追いかけてきてくれたんだな……」

「ええ。護堂さん、あのままごまかすつもりだと感じましたので」

「ごまかすだって？」

「我が王よ、もちろん万里谷ひかりにウルスラグナの加護を授けた件です。それもまちがいなく口うつしで。彼女とあなたは不自然なほど長く姿を見せなかった……という状況証拠だけですが、断定しても問題ないでしょう」

これはあからさまに不機嫌そうなリリアナ・クラニチャールだ。

しかも、あきらめ顔の清秋院恵那に、審判を下す裁判官のごとく冷厳にたたずむエリカまでいっしょである。

「ま、ひかりもそうなることは時間の問題だったもんね」

しみじみと恵那がつぶやく。

「でもまさか、こんなふうに不意打ちで進展させるなんてずるいよね。さすが王様だとは思うけど、恵那たちにも事前に何か言ってほしかったな……」

「しかもあのまま、自然な流れで空間歪曲へ突入したわね」

女性陣の意見を総括するように、ついにエリカも口を開く。

「あれはなかなか上手い手だったわ。ああして現場から退避することで、しばらく説明責任から逃れられるという点で。でも、つきあいの長いわたしたちに通じると思うところは、浅はかだったと言えるでしょうね」

「ごまかすつもりはなかったんだけどなあ……」

護堂は頭をかいた。

「なんとなく、あそこに長くいない方がいいだろうと思っただけで」

「護堂さん！　それをごまかすと言うんです！」

祐理に叱責されて、護堂は首をすくめた。

「申し訳ない。勘弁してくれ。あと、これもわかってるだろうけど、ひかりのこともよろしく頼む。大体みんながお察しのとおりなんだ」

「まったく！　本当、あなたという人は破天荒にも程があるわね！」

エリカがため息を大きく吐き出す。

が、やはり型破りと奔放さでは草薙護堂をも超える自由人。それ以上の追及をしようとはせず、勇ましい雌獅子の顔つきで話題を変えた。

「それで護堂。ここはあなたの目から見て、安全なのかしら？」

「残念ながら危険地帯だ。まちがいなくいるぞ」

ここに到着した瞬間から、空気のひりつきを護堂は感じていた。

この地にひそむ者たちが放つ敵意・闘志・決意・殺気——そういったものを察知していたのである。神殺しの獣としての本能が。

必ずカンピオーネの宿敵、すなわち『神』がいるはずだった。

4

「俺はひとりで奥に進んでみる。みんなはここで待機だ」

美しくも謎めいた庭園で、護堂は告げた。

仲間の女性陣はいずれも能力にも才覚にも恵まれている。

だが、某かの神と遭遇しそうな状況で連れまわすべきではなかった。襲撃されたときなど、まきこまれて命を落としかねない。まずは護堂だけで先行し、彼女たちは必要なときに後方から支援する。その方が合理的だ。

「俺がやばそうなときはバックアップを頼む。でも、みんなの方が危険なときは遠慮なく撤退してくれ。先に地上へ帰ってもいい」

「ええ。その辺の判断はまかせて頂戴」

ざっくりした指示に、エリカが請け合う。

紅き騎士の賢明さには全幅の信頼を置いている。護堂はうなずいて、彼女たちに右手を差し出した。べつに握手や、手を重ねろというわけではない。

心得たもので、リリアナが一振りのナイフを差し出してくれる。

「例のあれですね。どうぞ」

「ああ。あの化身を使ったばかりでちょうどよかったよ」

「たしかにそうね。ひかりの〝おこぼれ〟というのは不本意だけれども」

ちくりとエリカに皮肉の棘を刺されてしまった。

護堂は苦笑いしながら、左手でぐっとナイフをにぎりこむ。皮膚が切れ、だらだらと鮮血が流れ出る。

刀身も柄も血まみれになったナイフ――。

それを恵那が受け取ってくれた。

「大事に使わせてもらうからね。王様も気をつけて」

「ああ。じゃあ行ってくる」

「護堂さん、御武運をお祈りいたします！　あと、何者と遭遇しようとも心を乱さず、いつもどおりにお振るまいください！」

歩き出した護堂に、祐理が声をかける。

彼女は持ち前の霊視力で待ち受ける危機の概要をほのかに察したらしい。怒りを収めて、ひどく真摯に警告してくれた。

それをうれしく思いながら、護堂は庭園を横断していく。

眼前にそびえ立つのは石造りの建物。宮殿か神殿とおぼしき建築様式だった。そのなかへと押し入り、煉瓦を積みあげた通路を進む。

一本道だったので、迷う余地はない。

前へ、前へ。

やがてカンピオーネの心身に力がみなぎってきた。

やはり、いる。神を殺した者の仇敵たる神族がすぐ近くに。手のひらの切り傷、すでにふさがっている。

埒外の強靭さを誇る草薙護堂の肉体が、戦闘準備をととのえたのだ。

護堂はそのまま進んで、大きな広間までやってきた。玉座があり、家臣団との謁見もできそうな広さもあった。

そして――王者がそこにいた。

黄金の玉座にすわる壮年の男は王侯の衣だけでなく、王者の風格をもまとっていた。訊ねるまでもなく『大王』、それも『偉大なる神々の王』であると確信できた。

ただし、彼のいかめしい顔には疲労の陰が濃い。

長きにわたる苦難のせいで、落ちない錆にも似た陰影がこびりついたようだ。

（昔のラーマに似てるな）

ふと護堂は英雄の名前を思いうかべた。

かつては最強の大敵であり、のちに友となった男。またの名を『最後の王』。護堂は彼に呼びかけた。

「よかったら名前を教えてくれ。あんたは俺の知り合いに似ている」

「だろうな。そなたほどの神殺しであれば、一度ならず『最後の王』と矛をまじえていてもおかしくはない」

玉座の神は聞き流せない言葉を口にした。護堂は訊ねた。

「知っているのか、魔王殺しの神様のことを?」

「無論。そなたが生まれ育った世界とはちがい、余――太陽のごときミスラが守護する世界では、余こそが『最後の王』、魔王殲滅の勇士なのだ」

「……ほんとかよ」

パワーワードの連続に、護堂はたじろいだ。

ゾロアスター教の成立前は古代ペルシアの主神であり、同教の成立後も最も強大な神の一柱として信仰されつづけた大神。それこそがミスラ。太陽神にして法と契約の神。だが、その神格が『最後の王』も兼ねるとは――

護堂は天を仰ぎたくなった。

「とんでもないこともあるんだな。あんたの申告がうそじゃなければ、だけど」

「ふっ。ならば証を見せてやろう」

玉座にすわるミスラが微笑するや否や、『ぎぃん！』と金属音が鳴りひびいた。

突如、大剣が降ってきて、床に突き刺さったのだ。

護堂は瞠目した。見覚えがあった。その剣の刀身は実に長大で一メートルほど。刃の造りが鉈のようにぶあつかった。しかも両刃である。

それは英雄ラーマが振るった剛剣。魔王殲滅の神器――！

「救世の神刀、かよ……」

なんと、あの武具まで秘蔵していたとは！

「とんでもない親父さんだな。俺たち――神様を殺した連中にいちばん〝効く〟切り札をばっちり持っているなんて」

「見えすいた世辞を」

ミスラは言った。目の下の隈が濃い。疲れている。

「わかっているのだろう？　余にはもはや……戦う余力はないと」

「それはまあ、うすうす」

早くも護堂は見切っていた。

眼前のミスラが憔悴しきっており、若きカンピオーネと戦いうる力を持たざる身だと。あまりに精気がなさすぎる。

だが、大王ミスラはふてぶてしく微笑み、うそぶいた。

「案ずるな、神殺しよ。救世の剣を継承する者、すでに用意しておる」

「え――っ？」

「しかも、そなたもよく知る者だ。ミスラ亡きあとは、その者こそが魔王殲滅の使命を引き継ぎ、そなたを討ち滅ぼす……。さらばだ！」

唐突すぎる別離の言葉。

唱えるや否や、ミスラの全身は着衣ごと塵となった。

王者の消滅。代わりに、風が吹いてきた。屋内だというのに一陣の旋風が。次の瞬間、護堂は「!?」と愕然とした。

救世の神刀――。床に突き立つ秘剣のそばに、少年がいきなり現れた。

切れ長の目が涼やかな美少年。見覚えのある顔だった。ボロ切れのような外套を着ているくせに、みすぼらしさがまったくない。

内面からあふれ出るカリスマ性によって、むしろ神々しいとさえ思える。

「そういえば……」

護堂はゆっくりと言葉を吐き出した。

あまりに驚いたので、舌が上手く動かせない。

「すこし前、おまえの気配を感じたばかりだったな……」

「我のあいさつ、通じていたようで何より。ひさしいな、ウルスラグナを殺めた者よ。草薙護堂――神殺しの獣として、おぬしがここまで大成しようとは。ふふふ、妙な話だがよろこばしく思えるぞ」

あらゆる障碍を打ち破る者。勝利者。東方の軍神。

すなわち、軍神ウルスラグナ――。その神名を持つ少年は口元に煙るようなアルカイック・スマイルを浮かべていた。

「それでこそ我を倒した男！　おぬしとの再会、心待ちにしていた！」

「……ま、五年前にも『運命神の領域』でばったり会ったもんな……」

護堂はつぶやいて、あらためてウルスラグナを見つめた。

あの運命神との戦いとつかのまの邂逅。別れ際にこの少年はたしかに言った。『いずれ必ず再会しようぞ』と。

「あんたは結局、約束を守ったわけだ。……それはそれとして教えてくれ。この神殿みたいなところは何なんだ？」

「《無限時間の神殿》という」

考えてみれば、ウルスラグナと友達づきあいした時間は短い。

サルデーニャ島を初めて訪れた数週間で、わずか数度しか顔を合わせていない。にもかかわらず、草薙護堂にとっては『友』だった。きっとウルスラグナも同じだろう。

だから今もおだやかに言葉をやりとりしている。何の違和感もなしに。

ウルスラグナはさらに言う。

「物質世界(ゲティーグ)と霊的世界(メーノーグ)、さらには数多(あまた)の多元世界をも超えた彼方(かなた)にある聖域よ。この神殿以外には何物も存在しない――閉ざされた空間じゃ。最後の王ミスラと永劫(えいごう)を司(つかさど)るズルワーンの神力によって造られた」

「そんなふうに言われてもちんぷんかんぷんだけど」

護堂はぼやいた。

「要は、どんな世界にも属さない特異点で、閉鎖(へいさ)空間ってことか？」

「おおむね正しい理解じゃ。おぬしも只人(ただびと)であった頃よりは知恵をつけたな」

ウルスラグナはにやっとした。

こんな会話が意外なほど楽しい。しかもごく自然に言葉が出てくる。やはり軍神ウルスラグナという少年と、草薙護堂は、抜群に相性がいいのかもしれない。

だが不幸なことに、それだけで済む相手でもなかった。

事件の核心に迫るべく、護堂は訊(き)いた。

「ただな。東京の御茶ノ水(おちゃのみず)から『時空の彼方にある聖地』まで飛んでこられる事情の方はまったくわからない。それも教えろよ。アイーシャさん――俺たちの知り合いでもあるカンピオーネが関係してるのか？」

「ふふふふ。おぬしが知る必要はないことじゃ」

今回、ウルスラグナはにべもなく切り捨てた。

「どうしても知りたければ、力を以て我の口を開かせよ」

「力、か」

「うむ。おぬしが我より簒奪した力だ。かなりのところまで掌握しておるようじゃの。元の持ち主にひとつ見せてみよ」

「俺は平和主義者なんだ。そうそう喧嘩腰になれるかよ」

「勿体ぶるやつめ。ならば是非もない。そろそろ――はじめさせてもらおう」

つぶやいた瞬間に、ウルスラグナが消えた。

床に突き立てられていた救世の神刀も。だが軍神と剣の一対に変わって、おそろしく体格のいい雄牛がやにわに出現した。

並のサイズではない。牛どころか平屋建ての家と同じほどに大きい。

そう。軍神ウルスラグナは『十の化身』に姿を変えて、勝利を掴む神なのだ！

――ＭｕＷｏｏｏｏｏｏｏｏｈ！

みごとな角を持つ黄金の雄牛が突進してきた。雄々しく咆哮しながら。

「だったら俺も――――！」

護堂もとっさに『雄牛』の化身を使った。

迫りくる巨牛の角は二本。それぞれを両手でつかみざま、護堂は踏んばった。

全身の筋力を総動員させて、どこまでも爆走しようとする雄牛の猛進を――力ずくで止めてしまう！

体の奥底から怪力をしぼり出すというシンプルな能力。

それが草薙護堂の『雄牛』。だが、それは城や高層ビルなどでさえも両腕で持ちあげられるほどの超常的なパワーであった。

しかし、力という点ではオリジナルの方も負けていない。

――ＭｕＷｏｏｏｏｏｏｏｏｏｏｏｏｏｏｏｏｏｏｏｏｏｏｏｈ！

ふたたび咆哮。護堂に受けとめられたもののたじろがず、ぐいっ、ぐいっと、今度はじっくり前進しようと歩を進めてくる。

同じ化身を使う護堂と〝力比べ〟をする格好であった。

「だああああああっ！」

ＭｕＷｏｏｏｏｏｏｏｏｈ！

共に猛々(たけだけ)しく吠(ほ)え、渾身(こんしん)の力をぶつけあっていたとき。

不意に――電光がほとばしる。その直撃を受けて、護堂はふっとばされた。

「うわっ!?」

術法、呪詛の類(たぐい)にカンピオーネはすさまじいほどの耐性を持つ。

だから電撃を真正面から浴びても、全身が『びりびり』した程度で済んだ。が、同じ電撃が立てつづけに護堂を襲う。

ひとつめの雷。ふたつめの雷。雷。雷。雷。

見れば、ウルスラグナの雄牛は姿を変えていた。

家ほども大きな体格はそのまま、二本角があるのも同じ。しかし、眼前にたたずむ獣は黒い毛皮の『山羊』であった。

ウルスラグナの山羊、双つの角から休みなく雷撃を放ってくる！

「俺もよそさまのことを言えないけど――くるくる姿を変えるやつだな！」

現れ方はちがえども、性質を同じくする権能の使い手同士。

かつてないほど〝嚙み合う〟敵手との対決。護堂は思わず獰猛に笑っていた。そして、切り札の言霊を唱える。

「主はおおせられる。咎人に裁きを下せ。背を砕き、脳髄をえぐり出せ――！」

直後、足下の床がひび割れていった。

地中から――草薙護堂の分身でもある巨獣『猪』を飛び出させ、ウルスラグナの山羊に頭突きを喰らわせたのだ！

オオオオオオオオオオオオオオオオオオオオオンッ！

超音波をもふくんだ咆哮が轟く。大小のガレキが上から降ってくる。

この世の彼方の神殿とやらの『王者の間』――床も、石の円柱も、天井も、一気に突きくずされていく。

全長二〇メートルを超す『猪』の巨体によって。

その体毛は漆黒で、鋭い牙を口元に生やし、魁偉なほどに筋骨隆々である。

いかなる闘争においても〝手っ取り早く呼び出せる〟切り札として、活躍もしくは暴走してきた怪物は——

瞬殺された。

オオオオォォォォォォオンンンンンッ!?

とまどうような声で哭いた『猪』、その頭頂に一五歳の少年がいる。

軍神ウルスラグナの英雄としての姿。彼は——白金色に輝く神刀の切っ先を『猪』の頭頂部に突き刺していた。

救世の神刀。魔王殲滅を成すための剣であった。

その担い手として少年ウルスラグナは雄々しく言いはなつ。

「我が分身でもある魔獣よ！　なかなかにやるようじゃが、相手が悪かった！　我は今、究極の『鋼』を手にしているのだ！」

オオオオ————ォォォォォォォオンンンンンッ!?

咆哮はついに悲鳴も同然となり、ウルスラグナが少年の姿で地に降り立つ。

小柄なくせに、刀身一メートルもの大剣を軽々と操っていた。ガレキだらけの『王者の間』に立つ光景、なんとも勇壮である。

この少年は王者ではない。だが大将軍、勝利者の威風に満ちていた。

一方、迎え撃つ側の草薙護堂は獣であり、生き汚さが信条。宿敵がとっておきの剣を手にしたならば、出し惜しみする気はない——。

護堂の武器を見て、ウルスラグナは微笑んだ。

「そういえば、我の知らぬ力も得ていたのだったな」

「おまえのやつほどじゃないけど、結構役に立ってくれるんだ。第二ラウンドはこいつで勝負させてもらう」

日本刀に酷似(こくじ)した反(そ)り身の古代刀。ただし、その刀身は漆黒。

天叢雲剣(あまのむらくものつるぎ)――。第二の権能でもある神刀を片手でにぎり、護堂はウルスラグナに切っ先を突きつけた。それはもちろん、剣士の振るまいではない。

気分としては、投手に勝利を予告する打者のパフォーマンスであった。

# 第4章　未知の世界……？

1

無限時間の神殿――。

この世の彼方に位置する閉鎖空間の空に、新たな太陽と暗黒星が顕現していた。

どちらも直径は五、六〇メートル程度。星といっても小惑星サイズ。だが、すさまじい神力を宿した超自然の産物であった。

救世の神刀が生み出した白き恒星。魔王殲滅の雷を無限に放出しつづけている。

権能《黒の劔》が生み出した暗黒星。周囲にある万物を超重力によって引きつけ、吸いこんでしまう。

超常の吸引力が風となり、嵐となって、暗黒星のまわりで吹き荒れていた。

それを御す護堂は地上にいた。『最後の王』ミスラの宮殿――その外に広がる砂漠のまっただなかである。

「暁(あかつき)の秘録よ、俺に女神の叡智(えいち)を授けてくれ！」

護堂は天叢雲剣(あまのむらくものつるぎ)を砂に突き立て、言霊(ことだま)を唱えていた。

……本格的に動き出すまで、すこし時間がかかる。《黒の劔》にはかつて、そういう欠点があった。だが修得から五年。護堂は『通常使用時の倍近くも呪力をそそぎこむことで、暗黒星の本格起動を早める』という裏技を覚えていた。

今は燃費よりも早さ！　躊躇(ちゅうちょ)せず、護堂は《黒の劔》を全開にした。

――白き恒星が三六〇度、全方位へ向けて雷を放つ。撃つ。ほとばしらせる。

一秒間に幾百、幾千もの電光が空に閃(ひらめ)く。

だが、そのほとんどが球状の暗黒に吸いこまれ、消滅していく。

暗黒星に向かって吹く暴風――万物を呑みこむ吸引力が雷の軌道(きどう)をねじ曲げ、吸いよせてしまうからだ。

物理法則を嘲笑(あざわら)うかのような超常現象。

権能《黒の劔》の暗黒星は、救世の雷をひたすら貪欲(どんよく)に呑みこんでいく！

「千の竜と千の蛇よ――。今こそ集まり、劔となれ！」

地に突き刺した天叢雲剣へ、護堂は念を送りこむ。

――吸いこめ。あの電撃を全て吸いこんでしまえと。

英雄ラーマとは五度も戦った。救世の雷を乱射される厄介(やっかい)さ、誰よりも知っている。それゆえの必死さが念を強め、護堂の権能をさらに強大にする。

幾万、幾億と繰り出される雷——その大部分を吸引してしまうほどに。

無作為に飛ぶはずの雷撃は強引にコースをねじ曲げられ、ほとんどが暗黒星に向かって突っ込んでいく。

ふたつの『星』が浮かぶ空、このように狂瀾怒濤の様相であった。

対して下界では——

「おお!?　このような嵐を起こすほどになったか！」

ウルスラグナが瞠目していた。護堂と同じく地上にいる。

ふたりは剣がとどかないほど離れて、対峙していた。どちらも上空に顕現させた『武器』の制御に専念しているからだ。

護堂は天叢雲剣を地に突き刺し、ウルスラグナは救世の剣を右手に持っていた。

凜々しき少年神はふてぶてしく微笑む。

「ふふふふ。救世の剣を抑えこむとは、なんと恐ろしい敵手よ！」

「悪いがおまえ以上にそいつをあつかえるやつと、何度も戦っているんでな。封じ方もとっくに承知しているよ！」

護堂はうそぶいた。地上でも吸引の風は吹き荒れている。本当なら《無限時間の神殿》を根こそぎ天空の暗黒星へと吸いこんでしまう魔風だった。

そう。救世の雷は豪雨のごとく、地上にも降りそそぐはずなのだ。

だが雷はときどき思い出したように大地を打つ程度。風はたしかに強いものの〝よくある強風〟程度であった。

救世の雷と吸引の魔風によって、本当なら地上は跡形もなく破壊されるはずなのに。

それだけ《黒の剱》が力を空で振りしぼり、無作為かつ無限にまき散らされるはずの雷撃を呑み込みつづけているからだ。

剣という切り札同士の対決では、草薙護堂が有利――否。

「ふうむ。ならばもう一振り、抜くとするか」

「そいつは!?」

今度は護堂が瞠目する番だった。

ウルスラグナの左手に、黄金の刃の長剣が現れたからだ。

右手に救世の神刀――白金色に輝く大剣を持ったまま。つまり二刀流。小柄な少年の細腕ながら、ウルスラグナは二振りの剣を苦もなく構えている。

そして左手の長剣、その切っ先を天に向けた。《黒の剱》の暗黒星へ。

「我が名を畏れよ。我はあらゆる障碍を打ち破る者。力ある者も不義なる者も我を打つあたわず――。我、ウルスラグナの剣を畏れよ！」

おごそかに言霊が唱えられた。

護堂にはわかる。神の名前ごと神の力を切り裂く剣。ウルスラグナは黄金に輝く智慧の剣をついに抜きはなったのだ。

草薙護堂の切り札《黒の剱》を封じ込むため、『戦士』に化身したのである。

さて――。

空では白き恒星と暗黒星がぶつかり合っている。

同じ頃、草薙護堂を支える女子たちはガレキの山に囲まれていた。

すこし前まで『最後の王』ミスラが玉座にすわり、『猪』が破壊した広間――その跡地にやってきたのである。

彼女たちの先頭に立つのは、万里谷祐理だった。

と言っても、ほかの三人を力強く牽引するのではない。

茫洋としたまなざしで前方を見るともなく見わたし、夢遊病のような足取りで広間のなかをさまよっている。

祐理はぶつぶつとつぶやいていた。おそらく無意識のうちに。

「無限時間の神殿……ミスラ……ズルワーン……運命と永劫の時を司る神ズルワーン……そしてあの方、妖しき通廊を生み出す貴婦人は――」

彼女たちも魔術・呪法の使い手。

その場にいなくともいくつかの術を使って、男たちのやりとりを見聞きできていた。草薙護堂とミスラ神、軍神ウルスラグナのやりとりを――。

そうして知り得た語句の数々。

それらを口にしながら、祐理はふらふらとさまよっていた。

「祐理に幻視が降りてきたようね。何が視えているのかしら?」

「あるいは、何かを探しているのか……」

エリカとリリアナがひそひそとささやき合った。

すこし離れて、催眠状態の媛巫女を追いかけていたのだ。ぶしつけな大声で霊視力者の催眠状態を破らないよう、細心の注意を払いながら。

清秋院恵那などは心得たもので、一切無言で付き添っている。

ふらふらしている祐理がつまずきそうなガレキは足で押しのけ、ときにはやさしく手で押して、壁などにぶつからないように方向転換させる。

媛巫女同士、祐理とは最もつきあいが長い朋友なのだ。

そして――

夢遊病者のようだった霊視力者がついに足を止めた。

茫洋としていた目つきが急にしっかりして、背筋もぴんとのびる。それから祐理は深く息を吐き出して、深呼吸した。

ずっとそばについていた恵那がさっそく訊く。

「で、何が視えたの、祐理?」

「過去の一幕……です。最後の王ミスラと軍神ウルスラグナがここで何を語り合ったか、無限時間の神殿に迷いこんだアイーシャ夫人が何をされたか。でも、ひとつだけ視えなかったものがあります」

「へえ。祐理でもダメだったんだ？」

媛巫女の相づちに、祐理はうなずいた。

「はい。時間と永劫の支配者がアイーシャ夫人を〝どこ〟に送りこんだか――その行き先だけはわかりませんでした」

「なるほど」

リリアナはにやりと凜々しく笑った。

「詳細はあとで教えてもらうとして……さきほど、万里谷祐理は気になる神名をつぶやいていたな。運命神にして永劫の時を司るズルワーン。古代ペルシアの神王ミスラとはきわめて緊密な関係にある同盟神だ」

「察するに、ズルワーンがアイーシャ夫人を失踪させたのね」

いつもの聡明さでエリカが言う。

「さっきから何度も名前が出てくる割に、一度も姿を見せてくれない神様だけれども」

「ああ。出てこないのなら、お招きする必要があるな」

エリカとリリアナはうなずき合った。

紅と青、騎士たちの手に愛用の武具がぱっと現れる。

細身の魔剣クオレ・ディ・レオーネ。サーベルの形をした魔剣イル・マエストロ。ふたりの騎士が幼い頃、力を合わせて授かった双剣であった。

そして、リリアナが動き出す。

「彼の者ら、ミデアン人を攻め撃ち――」

聖なる虐殺の術《聖絶》の言霊を唱えながら、サーベルの柄を逆手で持つ。

「男子も王も悉く剣にかけて殺めけり。其は主のモーセに命じ給えるがごとくなり！」

リリアナの華奢な全身と魔剣の刀身をつつみこんだ青き光、神すら傷つけうる秘儀のしるしであった。今の彼女なら百名を超す群衆さえもたやすく虐殺できる。指をつきつけるだけでひとり残らず心臓麻痺でも起こし、全滅するだろう。

その秘力を託した魔剣イル・マエストロ、リリアナは槍投げの要領で投じた。

「彼の者ら、掠めしもの奪いしものを携え、モーセのもとに詣でけり！」

青き光をまとったサーベルは燕のごとく飛び、虚空に突き刺さった。

リリアナが魔女の霊感で察知していた一点に。『畏るべき何者か』がひそんでいると。投剣の一撃によって、たちまち虚空がひび割れた。

ぱりん！

固い何かが砕け散る音。虚空のひび割れは全て吹き飛んでいく。

代わって現れたのは、異形の神だった。

宙に浮いた石造りの仮面。獅子の貌とたてがみを模しており、その上で人間の大人が寝転べるほどに大きい。

「みなさん、お気をつけください！」

すぐに祐理が叫んだ。神の名前が視えたのだ。

「時と永劫の神ズルワーンでいらっしゃいます！」

「……肯定(こうてい)、スル」

獅子面の形をしたズルワーンはぎこちない声を発した。

四人の乙女はハッとした。神であるのだから、姿形がどうであれ会話できても不思議ではない。しかし、あまりに無機質な声であった。

ズルワーンはさらにつづける。

「汝(なんじ)らノ慧眼(けいがん)ヲ賞賛する。しかシ無意味。時空の司(つかさ)ヲ相手に、汝らニ何が可能か？」

独特すぎる宣告を受けて、リリアナはエリカにささやきかけた。

「……一応、意思の疎通(そつう)はできそうだが」

「……軽快なおしゃべりは期待できない御方のようね。そういえばズルワーンという神格、もともと『時の流れ』を意味する概念(がいねん)に過ぎなかったはずよ」

「ああ。それが次第に〝人格を持つ神〟として語られるようになった……」

「あとづけの人格だから、ああも無機質なのかしら？」

「たぶん、神様たちのなかでもかなりの変わり者だよねえ……」

恵那もひそひそと言った直後だった。

「警告スル。議論も無意味デある」

ズルワーンがふたたび声を発した。

同時に耳障(みみざわ)りな異音まで『キィイイイイイイイイイン！』と響きはじめる。女子四人の全身を総毛立たせるだけでなく――

「うわっ。なんか体が浮きあがった!?」

「いけません！　ズルワーンさまからの神罰です！」

「エリカ！」

「まかせて頂戴(ちょうだい)！　ローマの秩序を維持するため、元老院は全軍指揮権(インペリウム)の剥奪(はくだつ)を勧告する――元老院最終勧告(セナトゥス・コンスルトゥム・ウルティムム)、発令！」

四人全員の体がふわりと浮きあがった刹那(せつな)だった。

エリカはすばやく言霊を唱え、最も堅牢な魔術防御を構築した。

獅子の魔剣クオレ・ディ・レオーネが長い鉄鎖(てっさ)に形を変えて、すさまじい速さでぐるぐると円を描く。

宙に浮いた四人の乙女を何重にも取りかこむ鎖(くさり)の円筒が――またたく間に完成した。

創り手のエリカは高らかに問う。

「いかがかしら、ズルワーンさま!?」

「回答しよウ。無意味デある。汝ら、命ヲ授かる以前ニ回帰すべし」

キィイイイイイイイイン！

異音がさらに甲高(かんだか)く響きわたった。そしてクオレ・ディ・レオーネの変じた鎖ごと、四人の乙女は――忽然(こつぜん)と消滅した。

なんともあっけなく、消え失せたのである。

もともと彼女たちなど存在しなかったかのように、ひどくかんたんに。

甲高い異音も止んだ。すこし前まで『王の間』だったガレキの山、こうして静寂を取りもどしたのである。

時間神ズルワーンは勝ちほこるでもなく、ただ浮遊するのみ。

獅子の姿をかたどった石仮面、両目の部分はうつろな空洞である。だが次の瞬間、この目にもし実体があれば、きっと大きく見開かれたはずだ。

「……ズルワーンの予測ヲ超えたカ」

じゃららららららららら！

重い鎖を引きずる音がして、エリカ・祐理・リリアナ・恵那の四人と彼女たちを取りかこむ鉄鎖の円がふたたび出現した
リリアナはうやうやしい手つきで血まみれの短剣を捧げ持っていた。

その短剣——否、刀身にこびりついた血の痕は黄金に光り輝き、さらにその光が草薙護堂に仕える四人を包みこんでいる。

まるで彼女たちを力強く庇護しているかのように。

「軍神の権能による加護ト、断定スル」

「ええ。わたしたちの王・草薙護堂の血による聖痕——その恩恵だわ！」

ズルワーンにささやかれて、エリカが誇らしげに言いはなつ。

ここ五年の間に、彼女たちの愛するカンピオーネは見つけていたのだ。『少年』の化身によ

る加護を効率よく集団に授け、軍団を強化する方法を。

　血まみれの短剣を捧げ持ったまま、リリアナはおごそかに語る。

「彼の血を託された者たちはウルスラグナの加護をも授かり、勝利の軍団となる。無論、神である御身と互角に戦えるはずもないが……ごく短い間なら、どうにか持ち堪えるくらいはできるだろう！」

「持ち堪えている間に――こういうこともできるしね！」

　満を持して飛び出したのは、清秋院恵那だった。

　太刀の媛巫女。戦闘力においては彼女こそが最も秀でている。神刀・天叢雲剣を草薙護堂と共有できるからだ。

　今、ウルスラグナとの決闘でもあの刀は使われているはずだが――

「天叢雲剣！　その影をここに示現し給え！」

　疾走する恵那の両手にも、天叢雲剣が忽然と現れた。

　三種の神器のひとつでもある宝剣、同時に二箇所で戦うくらいの器用さは当然のようにそなえているのだ。

「ひさしぶりにあれをおねがい！　ズルワーンさまの力を写しとって！」

『応！』

　意志ある神刀は力強く応える。

　頼もしい相棒を――恵那は八相の構えから振りおろした。

漆黒の刃がズルワーンの石仮面、その眉間あたりを打つ。だが、獅子を意匠化した仮面にはかすり傷ひとつつかない。

それでも恵那はズルワーンに天叢雲剣の刃を押しつけ、呪句を口ずさむ。

「我が背の君より賜りし御剱よ、収奪の技を今ここに！」

「神剣とそノ使い手よ。汝らガ転写の技を有スルと認識した。即時ニ中断せよ。余、ズルワーンの聖なる権能ヲ侵すことハ許されぬ」

「冗談じゃない！　ここでやめたら意味ないよ！」

「了解しタ。汝らノ排除を再開する」

己に天叢雲剣を押しつける恵那へ、ズルワーンは宣告した。

ふたたび『キィイイイイイイイイン！』という異音が鳴りひびく。それはさきほどよりもけたたましく、聞くだけで全身の血が沸騰しそうな不快感に充ち満ちていた。

異音による存在抹消、また仕掛けてきたのだ。

これを受けて、防御の鎖は一瞬にして塵となった。エリカが眉をひそめる。

「わたしたち程度の力じゃ、この辺が限界のようね！」

「そうだな。授かった加護もいつ霊験を失うか、わからない。残った活路は――」

「急いでください、恵那さん！」

「大丈夫、もう終わり。王様、早くここに――草薙護堂！」

ひとり突出した恵那と残る三人を守るのは、ウルスラグナの加護のみ。

だが、彼女たちをつつみこむ黄金の光もゆらゆら激しく揺れていた。いつ消えてもおかしくないロウソクの火のようだった。

その渦中で清秋院恵那は朗らかに笑い、愛する青年の名を唱えていた。

2

救世の神刀と黄金の剣による二刀流。

軍神ウルスラグナがついに解禁した〝奥の手〟――。護堂は戦慄と共に身がまえた。否、身がまえざるを得なかった。

そんな護堂を見つめて、ウルスラグナが霞むような微笑を浮かべる。

「ふふふふ。この双剣の恐ろしさ、わかるようじゃな」

「当たり前だ。おまえの剣には、俺もさんざん世話になったからな」

護堂はぼやいた。

黄金に輝くウルスラグナの剣。言霊によって鍛えられ、叡智によって威力を増す。攻防一体の秘剣。しかし、敵をただ一太刀で切り伏せるほどの脅威にはなりえない。使い手である護堂自身がよく知っている。

決定力不足。昔、サッカー日本代表がよく言われた言葉。

それがそのままウルスラグナの剣にも当てはまる。攻撃にも防御にも役立ち、柔軟な運用にも耐えられる優等生ながら、一刀両断の豪放さはない。

対して、救世の神刀はまさしく決定力のかたまりであった。

生き汚いカンピオーネをもただ一撃で屠りうる威力をそなえており、それを際限なく放出できる。欠点があるとすれば、あまりに豪快一辺倒であるところか。

この二刀流、いわば剛と柔の結合であった。

剛をきわめた救世の神刀。柔をきわめた黄金の剣。両者を組み合わせたときの厄介さ、誰よりも護堂が理解できる。

上空では草薙護堂の『暗黒星』が『白き恒星』を抑えこんでいる。

無尽蔵に射出される雷撃の雨、ことごとく超重力で吸引しつづけている。

が、それもいつまで保つか。もちろん自分も『剣の言霊』を唱えて、同じく二刀流で対抗もできるが――

（俺の方はたぶん……天叢雲の制御がかなり甘くなるな）

という予感があった。

だが、それでもやるしかなさそうだ。護堂は身がまえて、少年ウルスラグナがいつ言霊を唱え出すのかと警戒していた。

権能《黒の剱》をいかなる言霊でつまびらかにし、切り裂くのか――？

しかし、輝く一五歳の少年は「おのれ」と苦笑いした。ちらりと上空を見あげ、護堂の暗黒星を胡散くさそうに眺める。

「何じゃ、あの力は？　複数の神の権能が妙な具合に絡み合っておる……」

「ああ、そういえば。あれをもらうときはかなりゴタゴタしたんだ。たしかに、わかりにくいだろうな」

奇怪ですらある《黒の剱》の成り立ち、護堂は思い出した。

もともとは女神アテナが遺した大地母神の秘法である。それを〝暁の魔女〟キルケーが護堂でもあつかえるようにしてくれた。最後の決め手は天叢雲剣だ。

三柱もの神が関わって、破格の権能をあたえてくれた。

だからこその難解さ。ある意味で、今まで経てきた闘争の過程がここにきて護堂を助けてくれているのだ。

アテナとキルケー、そして〝喧嘩っ早い鉄製の相棒〟に感謝しなくては。

奇妙な感慨がこみあげてきた。しかし、ついにウルスラグナが切れ長の目をさらに細め、護堂をにらみながら喝破する！

「ぼんやりとじゃが見えるぞ。おぬしの奥底に宿る大地の精と――暁の紋章を刻んだ神代の呪文書が！　まずはそれらの『名』を白日の下にさらしてくれる！」

「くそ、さすがだな！」

ウルスラグナは核心に近づきつつある。

いよいよ飛車・角を投入すべき局面か。槍の軍神ランスロットと風の白猿神ハヌマーン。

今まで温存してきた『隠し球』を呼び出そうとして。

　護堂はその声を聞いた。

『王様、早くここに——草薙護堂！　いっしょにアイーシャさんを追いかけよう！』

「なんだって!?」

　隔てた距離など関係なく、たしかに清秋院恵那の声を聞いた。

　第一の化身『強風』。危機に瀕した者を救うための力が届けてくれたのだ。太刀の媛巫女とは天叢雲剣を介して、心もつながっている。

　恵那の意図を察して、護堂は獰猛に笑った。

「そういうことか。だったら予定変更だ！」

「む!?」

「悪いな。おまえとの勝負は中断だ。俺はまず——アイーシャさんを助けにいく！」

　宣言して、『強風』の化身を使う。

　護堂のまわりで風がびゅうびゅうと渦巻き出した。

　しかも——《黒の剱》も中断。超重力の嵐と発生源の暗黒星、地に突き立ててあった天叢雲剣もあっさり消滅した。白き恒星が放つ無限の雷撃、もはや吸引されることもなく、ここぞとばかりに四方八方へ飛散していく！

　雷の乱舞で大気と大地が灼熱するなか、ウルスラグナは叫んだ。

「何をするつもりじゃ、草薙護堂!?」

　問いには答えず、護堂は風に乗って瞬間移動していった。

そして一刹那(いっせつな)ののち。

ガレキの山がうずたかく積もる広間の跡地に出現する。そこでは四人の女子たちが妖(あや)しい神と対峙していた。

敵は『宙に浮いたライオンの貌(かお)の石仮面』。

仮面の左目が一瞬だけ光った。それを浴びて、恵那が後方へふっとばされる。エリカとリリアナ、祐理(ゆり)のもとまで転がっていった。

媛巫女の手からは天叢雲剣(あまのむらくものつるぎ)も転げ落ちて——それを護堂はすばやく拾った。

「王様！」

起きあがろうとする恵那と、ほかの三人に護堂はうなずきかけた。

彼女たちが無事なのは『少年の加護』と、敵がおそらく戦闘のような俗事に興味を持たないタイプの神だからだろう。

その敵、恵那が時間の神ズルワーンだと教えてくれた神は——

無機質な声を独特のイントネーションで発した。

「来たカ、神殺しノ獣(けもの)」

この破壊された広間にも、救世の雷(いかずち)は降りそそいでいる。

あちこちで床石がはじけるように爆裂し、壁や柱だった石材が粉々にふきとぶ。ズルワーンと会話する余裕はない。護堂は言った。

「あんたの相手をするのはまた今度だ。——やれるな？」

『応』

護堂の拾いあげた天叢雲剣は短く答え、意志持つ剣として詠唱をはじめる。

『永遠、無限、悠久、創造、運命……時の神とやら、貴殿の所持する数々の権威を暫時お借り申し上げる。否と言われてもやめはせぬが』

「ズルワーンの権能ヲ盗んだカ、東の果ての剣神ヨ」

古代日本の大和朝廷は、まつろわぬ民を剣と軍団によって征服した。

降した民を奴僕や兵士として使役し、彼らの力を我がものにしたともいう。大和朝廷の祀った神器・天叢雲剣はそのような武力と略奪の象徴なのだ。

ゆえに対峙した敵のパワー・性質を断片的ながらコピーできてしまう。

今回、恵那に請われて神刀が写しとった権能は――

「時の門ヲ開いた、だと？」

「あんた、時間を操れるんだろう!?　その力でアイーシャさんをどこかに運んだって、俺の仲間が見破ってくれた。あとはそいつを再現すれば……！」

草薙護堂と仲間たち、五人の全身が白く発光し、次の瞬間には忽然と消えた。

時間を超える旅のはじまりだった。


そして気づけば、護堂たちは大河のほとりにいた。

雲が多いものの天気は晴れ。陽差しはそこそこ強く、季節は初夏というところか。太陽の位置から午前中だろうと推定できる。

　護堂たちのいる川辺も、対岸も、にぎやかな往来(おうらい)に面していた。

「この川、なんか見覚えがある……というか、割と最近も見ているぞ」

　じっくり景色を見わたして、護堂はつぶやいた。

　川幅もたっぷりで、大都市のどまんなかを流れている。

　石造りの大きな橋もかかっていた。五つものアーチがあり、梱包された荷物を積んだ木造ボートがそのなかをくぐっていく。

　さらに、橋の上を渡る大勢の人々と――馬車の大群。

　自動車どころか、自転車さえも一台も見かけない。同じ景色を眺めていたリリアナがおもむろに言った。

「テムズ川とロンドン橋ですね。現在位置はロンドンの中心部と断定して、まず問題なさそうです。ただし二一世紀ではなさそうですが」

「街の様子から察するに一八世紀から一九世紀のどこか、かしら？」

　これはエリカの発言だった。

　自動車はまだ存在しない、もしくは普及前なのだろう。

　大通り沿いには煉瓦(れんが)、それも赤煉瓦を用いた集合住宅(タウンハウス)が多い。きっと街を歩けば、現代でもおなじみのランドマークを発見できるのだろう。

　大英博物館。ロンドン塔。バッキンガム宮殿。ウェストミンスター寺院など……。

「恵那たちもこういう旅にすっかり慣れたよねえ」

のんびりと恵那がコメントした。

頭のうしろで両手を組み、特に緊張感はない。これも経験ゆえだろう。一方、きまじめな巫女仲間の祐理が感慨深げに言う。

「でも驚きました。恵那さんも護堂さんも、いきなりアイーシャ夫人を追いかけて、時空を超えてしまうなんて……」

「自分でも無茶だとは思ったけどな。でも、仮にウルスラグナに勝てたとしても」

護堂はしみじみと答えた。

「アイーシャさんの行方がわかる当てはないからなあ」

「恵那もそう思ってた。でも、あそこで何が起きたか、祐理が教えてくれたからさ。夫人を過去へ送るのに使った権能さえ借りられれば、たぶん追跡できるよねって」

こともなげに自然児の恵那も言う。

動物的直感で行動するという点では、最も護堂に近い存在なのだ。

対して、リリアナは理性的に護堂をサポートする副官役である。銀髪の女騎士は憂いと共につぶやく。

「問題は……すでにロンドンが大都市に発展している点です。人口は軽く一〇〇万人を超えているでしょう。そのなかからアイーシャ夫人ひとりを探し出すのは……」

「むずかしいか、やっぱり」

「ええ。むしろあの御方がいつもの調子で何かやらかして、大騒ぎを起こすまで待つべきかもしれません。どこかに落ち着き先を確保して」

「駄目です、リリアナさん」

　祐理があわてた様子で訴えた。

「ミスラ王は『アイーシャ夫人の力を封じる』と断言しておられました」

「なに？　じゃあ、今の夫人はふつうの女性だというのか!?」

　リリアナは愕然とした。その横でエリカが口を開く。

「わたしからもひとついい？　権能があろうとなかろうと、捜索対象はアイーシャ夫人。あの方、一箇所にじっとしておられるかしら？」

　実にもっともな指摘。護堂はハッとした。

「そういえばそうだ。アイーシャさん、もうロンドンにいないのかもしれないぞ！」

「かなり本腰を入れて、長期にわたる捜索を行わないと駄目かもしれないわね……。そこで提案したいのだけど」

　人の意表を突く大胆さがエリカ・ブランデッリの真骨頂。

　いかにも彼女らしい華やかさで笑い、紅き悪魔と呼ばれる乙女は言った。

「護堂。すぐに郊外の方へ行きましょう。競馬場を探すのよ」

「えっ？」

　予想外すぎる提案に、護堂は唖然とした。

実はこの会話こそが長きにわたる『征服行（コンクエスト）』の第一歩になるのだが——護堂自身はそんな顛末（てんまつ）をちらりとも考えていなかった。

3

一七歳という若さでアイーシャはひとり旅に出た。

蒸気機関車や蒸気船、馬車に乗り、気ままに地中海（ちちゅうかい）の沿岸部を周遊していく。そういう旅行をもう数カ月もつづけていた。

行き先は決めず、面白そうだと感じた土地にしばらく滞在する。

十分に満喫できたら、次の土地へ。

念願だったギリシアに滞在したのち、大都市イスタンブールへ。

エジプトのカイロでは友人もたくさんできた。そこからマルタ島を経（へ）て、チュニス、そして情熱の国スペインへ上陸。

東部をうろうろするうちに古都バレンシアへたどり着いた。

……中世にはイスラム教徒のムーア人に侵略され、数世紀にわたって支配下に置かれた。のちにキリスト教国家による国土回復（レコンキスタ）がはじまり、アラゴン連合王国の一部としてバレンシア王国が生まれた——。

そのような歴史を持つバレンシアに、アイーシャはやってきた。

近年こそナポレオン戦争に巻きこまれ、たびかさなるフランス軍の攻撃と占領、蜂起した民衆によるゲリラ戦の頻発など、掛け値なしの危険地帯であった。

が、今は政情も安定。産業革命の波及により都市としても発展しつつある。

そこで悠々と滞在を楽しむ——はずだったのに。

「わたくし、どうしてこんなところにいるのかしら？」

その夜、アイーシャは首をかしげていた。

バレンシア市内で親しくなった女友達に『三日後に特別なミサがあるの』と誘われて、興味本位でついていったのだ。

彼女と共に馬車へ乗り込み、やってきたのは田んぼばかりの農村。

素朴な村人たちとの交流を楽しみ、パエリアをはじめとする田舎料理を堪能。そうするうちに礼拝の夜が来た。

アイーシャは漠然と、カトリックの儀式が行われると思っていたのだが。

深夜、唐突に祭りがはじまった。

村の中心にある広場にいくつもテーブルがならべられ、盛大に火を焚く。村人たちがごちそうを持ちよってくる。そして呑めや歌えの大宴会に。

村人たちはワインをがぶ飲みしながら、踊り、奇声を発していた。

彼らが叫ぶ声——その文言があまりに瀆神的で、アイーシャは唖然とした。

「われら今こそ祈禱をはじめたり！」

「パンと血をぶちまけろ！　今こそ大地にぶちまけろ！　約束の日はすぐそこに！」

「死にゆく肉と贖（あがな）いの血のみが聖杯のよろこび。ああ主は来ませり。主は来ませり。主よ、われら御身（おんみ）の血肉を大地にぶちまけましょうぞ！」

「主の血は葡萄酒（ぶどうしゅ）に、肉はパンになり、聖杯への供物（くもつ）となる！」

「アーメン。アーメン。アーメン。アーメン」

「聖杯よ。くそったれな主に代わり、われらを導き給（たま）え！」

　彼らが言う《聖杯》は焚き火のすぐそばにあった。

　簡潔に語れば岩塊（がんかい）である。うすいピンク色の岩塊が横たわっているのだ。

　陽（ひ）が沈みはじめるのと同時に、村はずれの洞窟から運び出した。きらびやかに飾り立てた山車（だし）に乗せて、村の広場まで運搬してきたのである。

　ミサというよりも悪魔の宴（うたげ）、サバトの呼称がふさわしい狂祭であった。

「あのう……あれは一体、何なんでしょう？」

　アイーシャは小声で隣に話しかけた。ミサに誘ってくれた女友達だ。

　したたかに酔った彼女は叫びも踊りもやめて、ひざまずき、ピンク色の岩塊を伏し拝（おが）んでいた。その彼女にこそこそと訊（たず）ねる。

「わたくしにはあの岩、なぜか寝そべる牛みたいにも見えるのですけど……」

「まあ、私が見込んだとおりだわ！　やっぱりあなたは『選ばれし者』なのね！」

「？」

「聞いて。昔、この土地でも神父さまたちがキリストの教えを説いていたの。でもある日、異教の女神がやってきた。私たちのご先祖さまはすぐに帰依したのだけど――突然、死んでしまったの。その女神の骸が岩となり、私たちの崇める《聖杯》となったのよ！」

「……はあ」

「そして選ばれし者は《聖杯》を見て、美しい雌牛や女神を幻視するの。そういう者たちは格別の捧げ物となるらしいわ。素敵よね」

「さ、捧げ物？」

あまりに異端過ぎる話とテンションに、さすがのアイーシャも引き気味だった。

それでもミサは進行していく。村長でもある老齢の『司祭さま』が一頭の仔羊を連れて、ピンク色の岩塊に近づいていった。

「聖杯よ。此度の贄を受け取り給え」

司祭はおとなしい仔羊を押しやって、岩塊のそばに行かせた。

すると可愛らしくもおとなしげな瞳をした仔羊が――吸いこまれたのである。ピンク色の岩塊のなかに。

岩塊はうっすらと透けたピンク色。

その内部で身を丸くする仔羊の姿がはっきり見える。

眠っているようだ。アイーシャは身を乗り出した。だが次の瞬間、眠れる仔羊は岩塊のなかで消滅してしまった。

しかも第二陣として仔豚に仔牛、仔馬まで連れてこられた。

可愛くも小さな獣たち。皆、ピンク色の岩塊に吸収され、やはり消滅してしまう。

「え……ええっ!?」

驚愕するアイーシャ。が、彼女を無視して儀式はさらに進行する。

「皆の衆、歓喜せよ。《聖杯》は贄を喰らい、御許に招かれた。彼の者に幸いあれ」

老齢の司祭はうなずき、誇らしげに通達した。

「では、次なる贄をここへ」

「承知いたしました。さ、あなたの番よ」

「へっ？　あ、あの、どうしてわたくしが最前列に連れていかれるんですか～っ!?」

バレンシアでできた女友達をふくめた数名の村人。

彼女らにぐいぐい背中を押され、突きとばされて、アイーシャは岩塊のすぐ前にまでやってきた。そのまま倒れこんでしまう。

そこで待っていた司祭、仮面のような笑みを顔に貼りつけていた。

「さあ最後の贄よ。神の国への門はすぐそこだ」

「ひょえええっ!?　こ、これっていわゆる邪教とか異端の儀式じゃないですかあっ!?　うら若き乙女を生け贄に捧げちゃうやつっ！」

「邪教ではない。われらの教義こそが正統にして正義である」

「冗談じゃありません！　わたくし、おいとまさせて――あっ」

アイーシャはとっさに腰を上げ、逃げだそうとしていた。

だが走り出す寸前で司祭に突きとばされた。どんっ。よろめいたアイーシャはピンク色の岩塊にぶつかり、その内部へと吸いこまれた……。


のこのこ祭礼についてきたインド生まれのメイド女。

彼女は《聖杯》の贄として呑みこまれた。ひそかに異端キリスト教・セルウィトス派の教義と伝統を守り、伝えてきた農村で。

……ここまでは、村ではよくある出来事だった。

村に代々伝わる《聖杯》は数限りなく命を喰らい、吸収することで『力』をたくわえるものらしい。ともかく伝承ではそう言われている。

そして今回、アイーシャとか名乗ったインド女が呑みこまれた。

それだけの話だったのに――

「あ、あの女、いつまでも消えないぞ!?」

村人のひとりが叫び、指さした。

うすく透けたピンク色の岩塊――そのなかに吸いこまれた少女アイーシャを。

今までの生け贄はどれも数十秒で消滅していった。胃袋が食物を消化するように。しかし今回、アイーシャの体はいつまでも消化されなかった。

ピンク色の岩塊に取りこまれ、眠るように両目を閉ざしたまま横たわっている。

一時間待っても変わりない。半日経っても、一日が過ぎても、少女アイーシャの体は消え失せず、岩のなかで〝眠り姫〟と化したままだった。

そして、ついに一カ月後――。

尚も褐色の少女アイーシャは消えず、眠り姫のままだった。

事ここにいたって、村長でもある司祭はうめいた。

「聖女だ……。この御方は《聖杯》に認められた聖女であられるぞ！」

「おお、聖女！」「聖女！」「皆の衆、聖女を讃えよ！」「聖女さま！」「聖女さま！」「聖女さま！」「聖女さま！」

村はずれの洞穴に集った司祭と村人たち。

彼らの喝采を向けられる対象――少女アイーシャはいまだ《聖杯》の内部で眠り姫と化したままだった。


かくして――

最後の王ミスラと時の神ズルワーンが用意した筋書きにより、一九世紀なかばに送りこまれたアイーシャは永遠の眠りについた。

無論、今の彼女は〝神殺し〟ではない。

だがミスラたちは警戒したのである。心身を若返らせた程度で、あの埒外の種族『神殺しの獣』が持つ野性と危険を完全に奪い取れるかはあやしいと。

だからこその封印。永遠の眠りでアイーシャを無意味な存在となさしめた。

しかし。

さしもの神王ミスラもすこし甘かった……否(いな)。忘れていた。

ここは数百年もの間、神殺しが不在でありつづけた世界。存在しない以上、記憶も当然うすれていく。

神殺しの獣がどれだけ規格外かつ、無法をきわめた存在であったか――。

今、ミスラの想定を超える事態がはじまりつつあった。

4

「まさか、こんな旅になるなんてなあ」

護堂(ごどう)はぼそっとつぶやいた。

潮風に吹かれながら、マリンブルーの地中海をのんびり眺めている。

寝そべるように腰かけるのはデッキチェア。海辺の高級ホテルに宿を取り、今は宿泊客のみの専用ビーチでだらだらしているところだった。

ここはギリシア国内でも有数のリゾート地、サントリーニ島――。

護堂の傍(かたわ)らでは、女性陣四名も同じようにくつろいでいる。

「ねえ護堂。そろそろ泳ぎにいってみない？　せっかく海へ来たのに一九世紀の野暮(やぼ)ったい水着じゃ、あなたには物足りないかもしれないけど。そこはほら、見てのとおりエリカ・ブランデッリの魅力でカバーできているでしょう？」

「もちろんエリカだけでなく、わたしもごいっしょいたします」

　ふたりはすこし前、水着姿でやってきた。

　例によってエリカは真紅、リリアナは青色の水着であった。

　とはいえ一九世紀。現代でこそビキニやタンキニなど多彩な形状があるものの、この時代では事情が異なる。上は毛織物の袖無しシャツ、前をボタンで留めるタイプである。下はふんわりした膝丈のズボンであった。

　そこに縁のひらひらした、シャワーキャップに似た帽子を合わせる。

　もちろん水着なので生地はうすい。しかし、『肌も露な』という代物でないことはたしかであった。近代ヨーロッパの倫理観では、そうした露出度の高い格好で人前に出ることは許されないのだ。

　だが、容姿端麗な乙女が薄着で海辺に立てば、やはり映える。

　エリカが大輪の椿だとすれば、リリアナはすらりとした百合の花か。

「……で、いかがですか？　草薙護堂？」

「いかがって何が？」

「二一世紀風に言うと、わたしとエリカのどちらがイケているか、です」

「ノーコメント……ああ、いや。ふたりともすごくいいぞとだけ言っておくよ」

「まあ。護堂もずいぶん無難に危険を避けるようになったわね」

「おまえたちに鍛えられたからなあ」

尚、媛巫女たちもデッキチェアでくつろいでいた。

祐理はうすいピンク、恵那は黄色の『ワンピース』を着ている。ワンピース型の水着ではなく、部屋着かというほど生地がぺらぺらの『衣服としてのワンピース』であった。これも一九世紀ヨーロッパの水着なのだ。

レトロすぎる装いながらも、微笑む祐理は桜の花びらのように可憐だった。

「私はこういう方が落ちつきます。生地がすくない水着はちょっと苦手です……」

「恵那はどっちでもいいかなー。あ、でも、いっそ何も着ないで泳いじゃうのもいいかも。このビーチを恵那たちと王様だけで貸し切って」

夏のヒマワリのような明朗さで恵那は言う。あわてて祐理がいさめた。

「え、恵那さん。あまり大きな声でそういうことは……」

「そのときはもちろん、祐理にもつきあってもらうからねー」

「もうっ」

媛巫女ふたり、仲睦まじくものんびりしたやりとり。

護堂はここ一週間のいきさつを思い出して、感慨にひたった。

「まさかアイーシャさんを探す旅でこんなところに来るなんてな。……あんな稼ぎ方をしたあぶく銭で豪遊するのは、かなり落ち着かないけど」

「いいじゃない。全て草薙護堂の才覚で勝ち取ったものよ♪」

ぼやく護堂にエリカがいたずらっぽくウインクする。


一八五七年のロンドンにたどりついたのは一週間前。

ヴィクトリア朝イギリスの男どもは、あるギャンブルに熱狂していた。通称『the Sport of Kings』。競馬である。

乗馬は貴族のたしなみ。もとは競馬も上流階級の娯楽であった。

しかし一九世紀に入ると、中流・下流の男どもにまで裾野（すその）は広がり、英国を代表する国民的ギャンブルとなったのだ。

ロンドン近郊にも、アスコットやエプソムに歴史ある競馬場は存在する。

あの日――。

ロンドン市内でしばらく単独行動したのち、エリカは現金を持ち帰ってきた。おそらく非合法な手段と魔術で調達したのだろう。

そして出所不明のポンド紙幣を束で護堂に押しつけ、

『さあ護堂！　この時代で生活基盤を築くにせよ、アイーシャ夫人を探すにせよ、わたしたちには軍資金が必要よ。あなたの出番だわ！』

『俺の？　どうしろって言うんだ？』

『もちろん、あなたの〝例の才能〟で大穴を当てるの』

かくしてロンドン郊外の競馬場へ、護堂一行は乗りこんだのである。

狂騒する男たちが目を血走らせ、馬券を握りしめて、競走馬たちのレースを熱く注視する擬似コロシアム。まさに阿鼻叫喚（あびきょうかん）の巷（ちまた）であった。

『しかし、大穴を当てろとか言われてもだな……』

『われらが王であるあなたは稀代（きたい）の勝負師でもあります。その眼鏡にかなう馬がいれば、必ず勝者となることでしょう』

『リリアナも無茶言うなあ』

『ね。祐理はどの馬がイケてると思う？　恵那に教えてよ』

『さあ……？　私は競走馬については何も存じあげませんので特には——あ。あちらの子がすこし気になります。なんとなくですけど』

『王様！　あの子の馬券、おすすめ！　あの葦毛（あしげ）の子！』

『今度は恵那が変なこと言い出したな……ん？　あっちのやつ、ずいぶんといい目つきをしているな。オーラがある感じだ』

という要領で、終日レースのたびに馬券を買った結果。

わずか一日にして、すさまじい額のポンド紙幣と金貨が草薙護堂のものとなった。二一世紀の日本なら、宝くじにでも当選しなければ得られない額だろう。

またエリカは、ある情報を入手していた。

インド生まれのメイド少女アイーシャが勤めていた屋敷の場所。そして、彼女がギリシアのサントリーニ島に行くと言って、旅立ったこと――。

このような事情で今、護堂たちは海辺のリゾート地にいるのである。


夕陽が水平線の彼方に落ちていく。

紅蓮の焔にも似た色の陽差しを浴びながら、護堂はのんびり歩いていた。サントリーニ島の砂浜でエリカとふたりきりだった。

散歩と夕涼みを兼ねての作戦会議。護堂はぼやいた。

「あわてて追いかけてきたのはいいけど……アイーシャさんと会える見込み、やっぱりなさそうだよな」

「それはそうでしょうね。わたしたちは所詮、五人だけですもの」

護堂の真横を歩きながら、エリカが訳知り顔で言う。

「手分けして聞き込みを繰りかえしても、どうせ収穫はゼロだわ。島のあちこちに防犯カメラがあって、アイーシャ夫人の顔写真でもあれば、ほんのわずかなチャンスがあるかもしれないけれど」

一九世紀なかばのギリシアにあるわけがない。

護堂は苦笑し、肩をすくめた。

「せめて、協力してくれる人間がたくさんいればな」

「そういうことね。人捜しみたいなことには、組織の力が不可欠だわ」

「ここが俺たちの世界のヨーロッパなら、エリカのおじさんやアリスさんの力を借りられたのにな。こっちには魔術師とか魔女みたいな人、いない感じだぞ」

「どう……かしらね」

世知という点では、誰より秀でたエリカが言い切る。

「ここはたしかに、わたしたちの地球とは似て非なる世界。でも、魔術師たちとその結社は確実に存在しているわ。その気配や痕跡――実はいくつか発見しているの」

「さすがエリカだ」

「ねえ護堂。提案なのだけど、どこか手近な街を『猪』あたりで破壊してみない？　きっと隠れている魔術師たちが飛んでくるわよ？」

「前言撤回。やっぱりおまえは悪魔みたいなやつだ」

軽口をたたきながら、サントリーニ島の夕陽をふたりで眺めている。

燃える落日が海と砂浜を紅く染めあげる。そんな景色が奇妙なほどになつかしく、なんとも言えない癒やしを感じてしまった。

……いや。ふと護堂は思った。

「なつかしいのは景色じゃないな。エリカとこんなふうにするのがなつかしいんだ」

「それはそうよ」

あきれたようにエリカが言う。

「あなた、ここ数年はあちこち飛びまわって――わたしやほかの娘のところで一週間以上ものんびりするなんて、皆無だったもの。いっしょにいられるのはせいぜい一日か二日、あとはどこかの並行世界に強行軍よ」

「……そういえば、そうだった」

「こういうの、なつかしいわね。あなたが東京で高校生をやっていた頃以来かも」

「そんなにご無沙汰だったか！」

「ワーカホリックの仕事人間みたいになっていたわね、護堂。いい機会だから、わたしたちとしばらく新婚旅行気分でこの時代を旅するべきよ。のんびり楽しく。思う存分くつろいで、食べて、愛し合って」

真紅をトレードマークにする乙女が夕陽のなかで笑っている。

いかにもエリカらしい、女王の余裕に満ちた笑顔。その華やかさと気遣いが愛おしい。護堂は彼女の腰に手をまわして、抱きよせた。

情熱的な恋人同士のキス。

たっぷりと時間をかけて、濃密に唇と舌を交わらせる。

「ね……。街の方でふたりきりになれる場所を捜してみない……？」

エリカのささやき声が耳に絡みつくようだった。

彼女も興奮していて、息づかいの熱さと震えが伝わってくる。

「悪いやつだな。みんなにはないしょでか」

「その方が揉めなくて、護堂も楽でしょう？　さ、あきらめてエリカ・ブランデッリの共犯者

になりなさい、ドン・ファンどの――」

エリカの甘いささやきを耳元で聞いていたときだった。

やにわに落雷の轟音がとどろいた。

ドォォォオオオオオンンンンンンッッッ！

夕焼け空にすさまじい勢いで暗雲が満ちていく。だが落雷は一度きりだった。さらに落ちたのは雷だけでなく――

「初めて見るはずなのに、既視感ってやつがいっぱいだな」

「同工異曲の光景をわたしたちはさんざん目撃しているからよ。仕方ないわね。甘い時間は先送りにして、バカげた現実と向き合いましょう」

サントリーニ島のリゾート地。

現代でも高層建築はほとんどないのだから、一九世紀なら尚更だ。

だから――浜辺からでもよく見えた。ひなびた市街の方に『怪獣サイズの雄鹿』が落雷と共に降ってきて、手当たり次第にまわりの家屋を破壊しだしたのである。

体長三〇メートル級の巨大雄鹿。

その体軀で頭突きし、または体当たりして、平屋造りの民家を薙ぎ倒す。粉砕する。

頭にはおそろしく立派な角があり、その先端はいかなる重機もおよばぬ鋭利さとパワーであらゆる建材を切り裂いていく――。

エリカと共に、護堂は市街地にやってきた。

巨大雄鹿が手当たり次第に暴れ、すくなからぬ住民が逃げまどっている。崩れた家屋の下敷きになった人もいるだろう。あちこちで火の手が上がっていた。

「あのバケモノ、超特急でかたづけなきゃだな……」

「まさにあなたの得意分野ね——あら？　あれを見て、護堂！」

エリカが指さした先では巨大雄鹿が荒ぶっていた。

だが現在、巨獣の怒りを受けて立つ者は街の家屋ではない。七、八名の人々だ。格好はまちまち。仕立てのよいスーツを着る紳士もいれば、汚れたシャツを着た港湾労働者らしき大男もいる。ドレス姿の貴婦人もいた。

彼らはサーベルやマスケット銃、短い杖、手斧などを手にしている。

それらの道具で——巨大雄鹿に立ち向かっていた。死と直面した者の悲壮さと恐怖を全身ににじませながら。

が、巨大雄鹿はちっぽけな邪魔者のことなど気にもとめず——

ずんっ。ずんっ。重厚な足音を響かせ、地を揺るがしながら、前進をやめない。

ならばと、サーベルを構えた紳士が突きかかる。

必死の面持ちであった。強化魔術がその刀身をまばゆく輝かせていた。が、巨大雄鹿の前肢はその刺突では毫も傷つかない。

まさしく蟷螂の斧。

剣で突かれたことにも気づかず、雄鹿はずんずんと前進を続ける。

そこで、貴婦人のマスケット銃が火を噴いた。

比喩ではない。火焔放射器のごとき焔を銃口から吐き出したのだ。

魔術の焔。しかし、巨大雄鹿にとってはマッチの火ほども熱くはないようで、まったく気にしていない。

その渦中へ、護堂は無造作に進み出ていった。

下宿先のリビングへ上がりこむような気軽さだった。無警戒に近づいてきた護堂を、荒ぶる巨大雄鹿は前肢で踏みつぶそうとした。

この場合、もちろん『雄牛』の怪力が使えるわけで――

「どれ」

護堂はすっと右手をあげて、雄鹿の足底と蹄を受けとめる。

そのまま、オーバースローの要領で右腕を一振り。陸上競技の砲丸投げでもするように、巨大雄鹿を海の方へと放り投げた。

全長三〇メートル超、重量おそらく数百トン級の巨体を。

ごろん、ごろん！　サントリーニ島の砂浜で巨体が転げ回っていく。

「「「!?」」」

雄鹿に立ち向かっていた人々が――一斉に護堂を注視する。

彼らはまちがいなく魔術師だろう。事情を説明しなくちゃなと思ったので、護堂は邪魔者をさっさとかたづけることにした。

「鋭く近寄り難き者よ……とにかくぶちのめしてこい」

気合いを入れて戦ってもらうほどの障碍ではない。

適当な言霊で呼び出したのは、もちろん第五の化身『猪』。

空をおおいつくした暗雲が夕陽をさえぎっており、海面は不気味なほどに黒い。そこから飛び出してくるのも漆黒の巨獣──。

神獣『猪』は登場の勢いにまかせて、巨大雄鹿に頭からぶつかっていった。

ヒィイイイイイインンンンンッ!?

雄鹿の悲鳴は甲高く、情けないほどであった。

ここからは全て護堂側のペース。体長二〇メートルと、『猪』のサイズは巨大雄鹿よりふたまわり以上も小柄だ。

しかし体格差など気にもかけず、『猪』は獲物に飛びかかる。

口元の牙で雄鹿の腹を突き、首筋に噛みついて、肉を食いちぎる。血飛沫が舞い、血臭もただよってきた。なかなかに凄惨な絵図であった。

護堂は眉をひそめた。

「あの野郎、調子に乗ってるな」

「あ、あれはあなたの眷属か……？　まるで神話の聖獣もかくやというような──」

いつのまにか、護堂のそばに『魔術師』たちが集まっていた。

顔と声に〝超越者〟への畏怖をにじませながら、うやうやしく声をかけてきたのだ。怖がらせるつもりはない。護堂は愛想よく応じようとして――

「ええ。あれこそが我が君にして我が夫の使役する神獣。古きペルシアの神話でも語られる獣の雄姿をとくとご覧なさい！」

エリカに割り込まれた。芝居がかった手つきで『猪』を指ししめしている。

「こうとなっては隠す理由もないわね。いい、今あなたたちの前にいるのは神を殺め、その聖なる権能を簒奪せし魔王。魔術師とは似て非なる存在。魔道にかかわる全ての者を治めるべき君主で、王のなかの王」

「か、神殺し……？」

あまりに大仰なエリカの謳い文句、しかし魔術師たちは感銘を受けていた。

今の戦闘で負傷したとおぼしき血まみれの水夫風の男など、イエスそのひとに出会ったかのような敬虔さでひざまずき、涙ぐんでしまっている。

この一幕を仕掛けたエリカ、彼女の目は明らかにこう言っていた。

『配下や協力者がいないのなら、作ればいいのよ。ねえ護堂！』

と。

# 第5章　魔王と聖杯

## 1

一八五八年、一月。

マルセイユは南フランスでも随一の都市である。

地中海に面する港街にして、プロヴァンス地方の中心。港湾都市としても最大級であり、地中海貿易の一大拠点であった。

マルセイユの目抜き通りがカンヌビエール通り。

パリで言えばシャンゼリゼに相当する。市民も旅行客も自然と集まり、あらゆるタイプの店が軒を連ね、都市の活力を生み出している——。

その大通りで営業するカフェのテラス席。

さんさんと陽光が降りそそぎ、なかなか居心地よさそうであった。

空は快晴で風もないからだ。が、やはり真冬である。厚手の外套を着こんでいても、やはり寒いものは寒い。

外気のさわやかさを楽しみながら喫茶する客など、一組しかいなかった。

身なりのいい紳士が三人、隅っこのテーブルを囲んでいる。彼らはそろって暗い顔つきで、ぼそぼそ情報交換をしていた。

「やあ、先週は災難だったな。聞いたぞ、君たち《老貴婦人》の本拠地トリノにも〝例のケダモノ〟が降臨したと」

「うん。おかげでずいぶんとくたびれたよ」

「不幸に見舞われたのはトリノだけではありません。我がフランスにも、先日カンヌの街にあの怪物――〝災厄(さいやく)の獣(けもの)〟が現れました。雷と共に天空より……」

「ここ三カ月で被災した都市はトリノ、カンヌ、ジェノヴァ、バルセロナ――」

「ニースとアヴィニョンもお忘れなきよう。実にゆゆしき事態です」

「でも幸い、ぼくらの街には救世主……いや、魔王を名乗る人物が駆けつけてくれた。おかげで被害は最小限に抑えられたよ」

「では、わざわざマルセイユまで来たのは〝お礼参り〟のためかね？」

「正解だ。これでぼくらの結社《老貴婦人》もあの新参者たち――カンピオーネスの下風に置かれてしまうわけだ。伝統ある正派名門の長としては、ハンカチを噛みしめたくもなる状況だよ。でも――」

「でも、何ですか？」

「仕方ないよ。彼のすさまじさは正真正銘の本物だからね……」

「彼、か……」

「本当なのですか？　彼が神を殺（あや）め、その聖なる権能（けんのう）を簒奪（さんだつ）したというのは？」

「ぼくごときにわかるわけがない！　ま、個人的意見を言わせてもらえば……それが偽（いつわ）りだとは、まったく思わないがね。《神殺し》の称号にふさわしい者が人の世にいるとすれば、チェーザレ以外にありえない」

「神殺しの魔王。チェーザレ・ブランデッリ、か……」

「そういえばミラノの《赤銅黒十字（しゃくどうくろじゅうじ）》にも、たしかブランデッリなる家門がありましたね。あの家の出身なのですか？」

「ちがうと思うな。彼ときたら、見た目からして絶対こちらの生まれではないのだし」

「どうしてわかるのです？」

「直（じか）に会ったからさ」

「君！　チェーザレと対面したことがあるのかね!?」

「ああ。先週、戦場となったトリノでね。これから〝お礼参り〟で二度目の謁見（えっけん）だ」

「どのような人物なのです!?」

「それを知りたければ、君ら自身がチェーザレの館を訪ねればいい。そもそも、そのつもりでマルセイユまで来たんだろう？」

「「………」」

「欧州魔道においては屈指の名門《白き巨人》と《聖ゲルマヌス》。その総帥ふたりをこうまで夢中にさせるとは。チェーザレ公のご威光はいまや留まるところなしだねえ！」

一八五〇年代も後半を迎え、欧州魔術界には旋風が吹き荒れていた。

半年ほど前より『災厄の獣』が降臨するようになったせいだ。

前ぶれもなく空が暗雲におおわれて、巨大な魔獣が降ってくる――。そういう妖しくも荒唐無稽な大事件が月に二、三度は起こる。

災厄の獣は『鹿』のときもあれば、『牛』、『馬』のときもある。

『狼』や『ライオン』、『虎』といった猛獣の場合もあれば、『豚』や『鳥類』という例もあった。

いずれにせよ規格外の巨大さと、獰猛さをそなえていた。獣たちはその巨体で見境なしに暴れまくり、街や都市を破壊していく。

災厄の獣、主にヨーロッパの南部と東部に降臨した。

が、欧州西部や北欧にもたまに現れる。危機はどこにでも起こりうるのだ。

――古来、そのような超自然に立ち向かうのは魔術師の責務。

魔道を追究する学徒は〝高貴なる者の義務〟を負うべし。神秘の術と知識を継承するだけでなく、それらの叡智が社会に仇なすときには我が身を盾にして民草を守るべし。それが魔術界の良識であった。

しかし今回、魔術師たちは切歯扼腕（せっしやくわん）していた。

獣たちの強大さにまったく太刀（たち）打ちできないからだ。

我（が）の強い上位魔術師らが不本意ながらも徒党を組んで、力を合わせて『獣退治』に赴（おもむ）いてもほとんど無駄だった。

規格外の災厄には、等しく通用しなかったのである。

魔力を付与した武器も、攻撃の術法も、テンプル騎士たちの武芸も。数百名もの使い手が軍隊さながらに組織を固めて、総力戦を仕掛けても同じだった。

だが――魔術師たちには選択肢があった。

自分たちの非力な術で、唐突に降臨してくる巨獣に立ち向かうか。あるいは半年前、彗星（すいせい）のように現れた『魔王』の名を唱えるか。

今、欧州にいる魔術師のほぼ全員がそのうわさを知っている。

――命の危機に瀕（ひん）したとき、風の吹くところにいるならば。それはすなわち彼を召喚する好機である。

かの王の御名（みな）を唱えよ。チェーザレ・ブランデッリと。

新興の魔術結社カンピオーネスをひきいる総帥にして、神を殺めし者だという。

災厄の獣がどこに現れようとも、魔王チェーザレは旋風と共にやってくる。そして、勝利の言霊（ことだま）を唱えるのだ。

『鋭く近より難（がた）き者よ、契約を破りし罪科に鉄槌（てっつい）を下せ！』

『我がもとに来れ、勝利のために。不死の太陽よ、輝ける駿馬を遣わし給え！』

『義なる者たちの守護者を我は招き奉る。義なる我に光明を示し給え！』

そのたびに奇跡が起きる。

漆黒の毛皮と魁偉な巨体を誇る神獣が地を駆け、空からは太陽の閃熱が槍のごとく降ってくる。パリ、ロンドンといった大都市すら呑みこむほどの雷雲が天地に満ち、無尽蔵の稲妻が全てを打ちのめす。

ヨーロッパに生きる庶民は魔王チェーザレの名を知らない。

それは魔道を歩む者と、一部の王侯貴族、政治家、富豪のみに伝えられる秘事。

そしてチェーザレの名を知る者は『災厄の獣』の脅威におびえつつも、それを一蹴するほどにすさまじい『神殺し』の存在も畏怖していた……。

「草薙護堂。ボヘミア国王からの使いが来ております」

「ふうん。なら、ここに通してやれよ」

マルセイユの港からも近い新市街地の高級住宅街。

最近、ブルジョワ層や貿易商などがよく引っ越してくる界隈にある瀟洒な屋敷。

備え付けの大きな温室でリリアナ・クラニチャールから報告されて、護堂はあっさりと即答したのだが。

ハサミを持ち、薔薇や椿などの手入れをしていた清秋院恵那がにたりと笑う。

「駄目だよ王様。使いの者程度で話を聞いてあげるなんて、魔王っぽくないよ。ここは国王陛下ご本人か、せめて宰相クラスに来させるところじゃない？」

「そ、それはちょっと勿体ぶりすぎじゃないか？」

「でも、今の護堂さんは『チェーザレ・ブランデッリ』なのですから――」

　これは祐理のコメントだった。

　たおやかな大和撫子は銀のおぼんを持って、恵那が切りおとした枝や花の房を拾いあげ、庭いじりを手伝っていた。

「相応の威厳をアピールすべきではないでしょうか？　神殺しチェーザレを破格の存在として印象づけて、何人もおよばないほどの権威を一年以内に確立するというのがエリカさんの計画ですし……」

「祐理まで悪ノリしてるのかよ」

　護堂は苦笑した。女子たちときたら、草薙護堂をダシに『魔王チェーザレ！』をプロデュースしようと、次々にアイデアを出してくる。

　ちなみに皆、この時代の衣装を着こなしていた。

　祐理は長袖の青いデイドレス。現代のワンピースと同種の衣装だが、スカートの裾は足首までとどくほど長く、ふわりとふくらんでいる。

　リリアナは紳士風の男装で、青いフロックコートに白シャツと黒の長ズボン。

　恵那はシャツの上にチョッキを羽織り、ニッカボッカに似た膝丈のズボンをはいている。

この環境にもすっかり慣れた女子たちを代表するように、ドレスをまとった祐理がくすりと微笑んだ。

「すいません。思いのほか計画が順調で、なんだか楽しくなってしまいました。でも、今の護堂さんはまるで——伝え聞くヴォバン侯爵の若かりし頃のようですね」

「実はそうなんだ」

どや顔でリリアナが自慢した。

「チェーザレ・ブランデッリの役割モデルはまさにあの御方だ。クラニチャール家は長年、侯爵にお仕えしてきた家柄。その辺はよく理解しているからな」

護堂は今、フランスのマルセイユに本拠地を置いていた。

魔術師のみならず財界人、王族、政府要人まで面会を求めてくる。かつて一八世紀のヨーロッパでヴォバン侯爵がそうだったように——。

草薙護堂のもとには、すでに二百余名もの魔術師が集まり、忠誠を誓っていた。

その組織、とりあえず《結社カンピオーネス》と名づけられた。

エリカたちは護堂のことをしばしばカンピオーネと呼ぶ。それにいつのまにか『S』が付けられて、組織名として定着したのである。

この新興結社を取りしきるのは、リリアナ・クラニチャール。

魔王チェーザレの副官にして秘書、そして〝愛人〟まで兼ねる女騎士。そういう肩書きと共に、リリアナは組織の舵取りを全権委任されていた。

おかげでボスの護堂は悠々自適であった。

ときどき『チェーザレ』の名が唱えられたときだけ出張し、カンピオーネとして巨大生物と戦う。欧州各国の要人、魔術界の重鎮と謁見する。その程度でいい。

あとは「よきにはからえ」で、諸事は回っていく。

今日ものんびり温室でコーヒーを飲み、色あざやかな花々を観賞していた。

祐理と恵那が交代で手入れしているのだ。ふたりとも華道の心得があるおかげか、器用に花をととのえている。

ここ数年、旅から旅の暮らしだった。

ひさしぶりにおだやかな時間を満喫しながら、護堂は感じ入った。

「しかし、強風の化身って、偽名で呼ばれても使えるんだな。ここに来るまで試しもしなかったから、知らなかったよ……」

「でも神様たちだって、いろんな称号を持ってるしね」

「名を呼ぶ者が護堂さんの存在を意識していれば、それで十分なのでしょう」

媛巫女たちが口々に言い、リリアナもにやりと笑う。

「そこに早い段階で気づけたのは幸運でしたね。おかげで組織の影響力を増すのがかんたんになりました」

チェーザレ・ブランデッリ。護堂の偽名である。

この『最後の王ミスラの世界』が今後どうなるかはわからない。

だが、一九世紀ヨーロッパで謎の東洋人が裏社会の覇権をにぎった——という情報はなるべく残さない方が歴史への影響も低かろう。

そう判断して、容姿が東洋人でもヨーロッパの名前を使おうとなったのだ。

ブランデッリの家名はエリカが適当に選んだ。チェーザレは『本当のブランデッリ家の系図には存在しない名前』だからだとか。

「……でもさ。あの災厄の獣って、何なんだろうね？」

不意に恵那が言った。

「結局、その辺の正体も全然わかってないわけだし。早く情報が欲しいよねえ。あ、でも、祐理が何かを感じていたっけ？」

「はい。あの獣たちが降臨する現場に居合わせたときです」

祐理は真剣な面持ちで託宣を教えてくれた。

「獣たちはいつも暗雲から生まれ、大地に降臨する……。私にはあの雲が『命の源』であるように感じられるのです」

「なるほど。『命の雲』というわけだな」

リリアナの相づちに、祐理はこくりとうなずいた。

「はい。もし命の雲が生まれ出づる場所を見つけられれば——この騒動の元凶も合わせて見つかるように感じています」

「わかった。調査の人員をさらに増やしてみよう」

「あとアイーシャさんも捜さなきゃだよ。これはただの当てずっぽうだけど、今回の騒ぎにあの人も関(かか)わってるんじゃないかな?」

恵那の決めつけを受けて、リリアナが腕組みして考えこんだ。

「当てずっぽうと言うより邪推(じゃすい)だが、一理ありすぎるな……」

「よかったら恵那もあちこち見てこようか? 最近はマルセイユに居ついていたから、ちょっと落ち着かなかったし」

お嬢さま育ちながら、日常的に山ごもりを繰りかえすのが清秋院恵那。

天衣無縫(てんいむほう)の自然児らしい申し出に、リリアナがうなずく。

「そうしてくれるか。助かる。……あと万里谷(まりや)祐理にも頼みたいことが――」

このメンバーをまとめる役、ふだんはエリカのポジションだった。

だが諸事情あって、今はリリアナが仕切り役だ。

……護堂は女子たちのやりとりを微笑ましく見守っていたのだが。ふと気づいて、スイス製の懐中時計を取り出した。

ぱかっと開く。午後三時。そろそろ約束の時間だ。

「悪い。俺はエリカの様子を見にいってくる。またあとでな」

と言うなり、護堂はフットワーク軽く温室を出ていった。

## 2

さすがに温室ほどではないが、エリカの寝室も陽当たりがいい。

ベッドで横になっていた部屋の主へ、護堂は声をかけた。

「調子はどうだ？　昨日よりは顔色よさそうだけど」

「まあまあ、というところね。昨日は最悪だったわ。一日中ベッドから起き上がれなかったのですもの」

仏頂面で答えてから、エリカは口元に手を当てた。

あくびを隠すためである。まだ陽も高いというのにネグリジェを着て、ベッドに寝たままであった。下半身とおなかのあたりを毛布で覆いかくしている。

背中にはクッションをあてがい、そこにもたれかかりながらの対面であった。

「今もとにかく眠くて。つわりの時期がこんなに過酷なんて、体験したくなかったわ。……つわりの苦しさには個人差があると聞いていたから」

けだるそうにしていたエリカ、その口調に力がこもった。

「エリカ・ブランデッリの強運があれば、きっと楽に切り抜けられるはず――と、期待していたのに！　くやしいわね」

「体のなかで命が育っているわけだからなあ」

護堂はしみじみと言った。

エリカの懐妊が明らかになって、早くも一月以上が経っていた。

　今は最もつわりのひどい時期だという。吐き気、けだるさを代表とする体調不良の数々に絶え間なく襲われている。眠気や寒気も症状のひとつだった。

　さすがのエリカもげんなりした顔で、

「ああ！　この責め苦から早く解放されたいわ！」

　珍しく愚痴(ぐち)をこぼす。いかなるときも華麗にして優雅を信条とする『紅き悪魔(ディアヴォロ・ロッソ)』にあるまじき物言いであった。

　大胆不敵、余裕に充(み)ちた女騎士で貴婦人。

　それこそがエリカ・ブランデッリのアイデンティティだというのに！

　が、護堂はそんな相棒が愛(いと)おしくてたまらない。エリカほどの女傑(じょけつ)でさえもここまで参ってしまう。妊娠と出産とはそれほどの一大事なのである。彼女はそれに耐えきって、草薙(くさなぎ)護堂の子供を産んでくれるつもりなのだ。

　ベッドのそばに椅子がある。護堂はそこに腰かけた。

「ま、しばらくおとなしくしてろよ。まだ安定期ってやつじゃないんだろ？」

「ええ。まさか、わたしの人生にこうも不自由な期間ができるなんて」

　根っからの自由人であるエリカ、くやしそうにまた愚痴る。

　こんな彼女を見るのは、護堂も初めてだった。

「初めて会ったときから六……いや七年くらいか。長かったような、短かったような」

「長い、と言うべきでしょうね。あなたと肉体的にも愛し合うようになってから結構経つし、ひんぱんに会えないなりに回数は重ねていたわけで……」

「もうちょっと表現をひかえめにしてくれ」

いかにもエリカらしい言いまわし。護堂は苦笑した。

しかし、いずれ母となるはずの乙女は要望を意にも介さず、

「今回のことで、ある仮説を思いついたの。──ねえ護堂、あなたの相手はわたしだけじゃないわよね。祐理とも、リリィとも恵那さんとも」

「……まあな」

「あなたもわたしたちも若く、今が子作りには最適という時期よね、まちがいなく」

「だから、もうすこしオブラートにつつめ！」

「照れる前に最後まで聞きなさい。いい、護堂？　特にこの『最後の王ミスラの世界』に来てからは、あなたにも時間の余裕ができたし、わたしたちと愛し合う回数も多くなったわ。確率的には四人全員が一斉に身ごもってもいいくらいで……」

直截的すぎる表現で、色めいた話題が続く。

しかし、語り手のエリカはひどくまじめな顔つきであった。

「そして──もとが人間とはいえ、カンピオーネは人間とは似て非なる存在よね？　異種族だとさえ言い切ってもいいほどに」

「そこはたしかに、否定できないなあ」

殺されても死なないほどにしぶとく、異様なほど闘争に長ける。

多くのカンピオーネに共通する特徴である。こういう輩を『人』の範疇に入れてしまってはふつうの人間から苦情が出そうだ。

その当人を前にして、エリカはついに結論を述べる。

「以上のことから、わたしは推測したの。カンピオーネと人間の〝異種族間交配〟で子供ができる確率、きわめて低いのだろうと」

「……なるほど。その発想はなかったよ」

護堂は目をぱちくりさせた。

そういえば、以前に出会った古代の神殺しウルディン。

十数人もの妻・愛妾を集めた彼の〝後宮〟に、護堂もしばらく滞在したのだが。あのときは子供のいる気配をまったく感じなかった。

もちろん、よそにあずけていたのかもしれないが……。

「もしかして、おまえ——だから『絶対に産む』って言い張ったのか？」

実は妊娠が判明した直後、護堂は悩んだのだ。

本来、自分たちが属する世界にいるわけではない。そうもあやふやな状態で、はたして子を持ってもいいのだろうかと。

が、悩む遺伝子提供者へ、エリカは強硬なほどに出産を主張したのである。

「白状すると、そのとおりね。今回のチャンスを逃したら、草薙護堂の血を後世に遺せるかどうかも不安だったから」

「えっ⁉　そこまでの問題だったのか⁉」

「わたしの——ブランデッリ家の祖先にもカンピオーネがいるわ。でも系図を見るかぎり、彼の血を分けた嫡子はひとりだけだった。妻も、愛妾も、両手の指では数え切れないほどにいたらしいのに。おそらく非嫡出子もいなかったはず——」

「………………」

カンピオーネと普通人の関わり、なんともむずかしい。

しかし、その困難を踏み越えた子供がエリカのおなかに宿っている。そうと知って、護堂は得も言われぬ感動を覚えた。


それから、しばらくして——

護堂はフランス西部、大西洋側まで出張することになった。

ワインの産地として有名なボルドーに〝災厄の獣〟が降臨したのである。『強風』の化身で移動し、『猪』で撃破した。

まあ、いつもどおりのかんたんな日常業務であった。

ただし行くときは一瞬だが、帰路はそれなりに時間もかかる。

結局ボルドーから汽車をのんびり乗り継ぎ、一日かけて本拠地までもどってきた。

……その日、マルセイユはよく晴れていた。

「ちょっと、散歩でもしてみるか」

身重のエリカに何事もないか、早く確認したい気持ちはあった。

しかし気まぐれを起こし、護堂は街をぶらぶら散策しはじめた。考えてみれば、そういう余裕もない日々を五年以上も送っていた。

たまにはひとり歩きもいいだろう――。

今日の護堂は黒いフロックコートに白シャツ、首にはスカーフ、灰色の長ズボンにステッキといういでたちである。

紳士の格好をした東洋人に、奇異の目を向けるフランス人も多い。

しかし、護堂は気にもとめない。どこに行こうと、どんな連中に囲まれようと、異郷の地では俺流を押しとおすしかないという開きなおりがあるからだった。

だから堂々と、ひとり街歩きを楽しんでいた。

今は駅周辺をぶらぶらしている。さっきも利用した鉄道のサン・シャルル駅、できてから一〇年も経っていない。

皇帝ナポレオン三世の号令のもと、フランスの近代化は今まさに進行中なのだ。

鉄道網も順調に拡充し、ここマルセイユから首都パリまでも行ける。

街を守護してきた中世からの城壁は、ほとんど取り壊された。

大規模な区画整理、道路工事、工場や工廠、倉庫などの建築があちこちで進められ、よくも悪くも活気のある街だった。

マルセイユは貿易港で、大国フランスでも第二の都市なのだ。

船乗り、港湾の肉体労働者、商人、あやしいやくざ者、娼婦、軍人、警官、役人、銀行員などがひとところにひしめいている。

人が多ければ揉めごとも多く、街全体がカオスにつつまれていた。

それが草薙護堂のような人間には、不思議と心地よい。

「もうすぐ昼か。腹がへってきたな……」

途中、小汚い食堂に入った。

ほぐした塩鱈をつぶしたジャガイモ、ニンニクと合わせて、スライスしたバゲットに乗せたもの。香辛料を利かせた羊肉のソーセージ。海辺の街ならではのブイヤベース。どれも素朴な料理なのに十分美味い。

店を出て、市場を冷やかしていると、午後二時をいつのまにか過ぎていた。

そろそろ家に帰るか――と考えたとき。

「なに!?」

護堂はハッと顔を上げた。心と体に激烈なほどの力がみなぎってきたのだ。にぎやかな往来の方を鋭くにらむ。

雑踏のなかで、古びた外套をまとった少年が立ち止まっていた。

たくさんの人が行き交う往来である。そのどまんなかで突っ立っていれば迷惑きわまりない。

だが通行人たちは彼を気にもとめず、自然な動きで避けていった。

そこに少年がいると認知したのは、草薙護堂ただひとりであった。

「善きことがあったようじゃの。ずいぶん機嫌がよさそうじゃ」

軍神ウルスラグナ。輝く一五歳の少年がそこにいた。

こちらにゆっくり近づいてくる。一度は殺めた相手。前の再戦も煮え切らないところで中断した。本当なら、この瞬間に決闘をはじめてもおかしくない。

そういうふたりの遭遇であった。しかし。

「おまえ、やっと来たのかよ」

「不思議なものよ。己を殺した男との邂逅がこうもよろこばしいとは」

護堂がおだやかに言えば、ウルスラグナものんきに応じる。

戦うべき両名。殺し合うべき両名。しかし、逆縁のみならず順縁によっても結ばれたふたりでもあった。

あらためて護堂は言う。

「ずいぶんと遅かったな。てっきり、すぐ追いかけてくると思ったよ。なのに半年以上も俺の前に現れないで——。サボりか？」

「何を言う。おぬしが旅立ったあと、我もすぐさまズルワーンに要求した」

「あいつに？　なんて？」

「すみやかに我を仇敵のもとへ運び給えと。しかし、時の旅路はあやふやなもの。先行した者と同じ時代をめざすことはできても、数カ月のずれが生じることもままある。致し方のないことなのじゃ」

「そういえば、俺たちもちょくちょく経験しているな、それ」

サルバトーレ・ドニを追って、古代ガリアへ遠征したときも起きた現象だ。

草薙護堂こそが己のライバルと吹聴する男、今頃どうしているだろう？　あちこちの並行世界をほっつき歩くことには早々に飽きたらしいのだが――。

「……ま、あいつの方はどうでもいいか」

護堂は今、目の前にいる宿敵へ呼びかけた。

「どこでやる？」

「どこでも」

打てば響くような返答。やはり、彼と草薙護堂の相性は抜群にいい。

双方とも『にやっ』と笑い、いたずら好きの少年めいた顔つきでさらに続ける。

「いつやる？」

「いつでも。……しかし、すこし時を置くか」

ウルスラグナの付け足しに、護堂は「へえ」と目をみはった。

「あんたらしくないな。おじけづくような性格じゃないだろ？」

「無論。だが、この目で見ておきたいのだ。――おぬしをそうもよろこばせる理由、を。そのうえで我は全身全霊を振りしぼり、必ず草薙護堂に勝利してみせる」

東方の軍神は雄々しく宣言した。

「さあ、我が宿敵よ！　おぬしの得た宝を披露するがよい！」

ウルスラグナと再会した日。

草薙護堂の館に媛巫女（ひめみこ）たちはいなかった。『例の件』を探索するために恵那（えな）は旅立ち、祐理（ゆり）は席を外していた。

リリアナ・クラニチャールも結社カンピオーネスの用事で外出中。

あとは館ではたらく使用人たちと、結社の部下たちのみ。だから護堂が彼を引き合わせたのは、つわりで苦しんでいるエリカだけだった。

彼女は今日もベッドで横になり、背後にまわしたクッションへもたれかかっていた。

「珍しい客を連れてきた」

「まあ」

あまりにシンプルすぎる護堂の説明。エリカは一瞬だけ唖然（あぜん）とした。

が、すぐに背筋をのばす。ベッドから起き上がりこそしないものの、あたうかぎりの優雅さで一礼してみせた。

「おひさしぶりでございます、ウルスラグナさま」

「うむ、覚えておる。あのときの少女がいずれ母となるか」

軍神ウルスラグナは切れ長の目をさらに細めた。

しかし、ここで祝福の言葉をやりとりする関係ではない。少年の美貌がふてぶてしくも果断な武人の顔に早変わりする。

「そなたを寡婦とするのは心苦しいが――今から覚悟しておくことじゃ。そこの男はいずれ命脈尽きはて、戦場に屍をさらす」

「ご安心くださいませ。仰せつかるまでもなく、とうに承知している理でございます」

エリカはわずかも動じず、すらすらと訴える。

「どのような勇者も百戦して百勝ならず。強剛なる神々を相手取る神殺しであれば尚更。我が夫・草薙護堂もいずれどこかの戦場で一敗地にまみれる……。それも戦場の慣らい。いかに御身が軍神といえども、わたしに講釈は不要というものです」

「ふふ。さすが神殺しの花嫁よ。善き哉」

アルカイック・スマイルで誉めそやしたウルスラグナ。

毛布で隠されたエリカのおなかを見つめ、

「せっかく生まれ出づる命、『幸いあれ』と言ってやりたいところじゃが……いずれ数奇な運命に呑みこまれるはずの子らには、べつの言葉がふさわしかろう」

聖なる英雄らしい真摯さで、淡々と言う。

「よいか、父と母に恥じぬほどに強くあれ。そなたらが物心つく頃には、どちらもそばにはおらぬのだから！」

「俺の子供にまで勝利宣言かよ」

ウルスラグナの大仰な宣言。

おまえが大きくなる前に、おまえの父を倒す――。そう解釈して、護堂は苦笑いした。いいだろう、受けて立つ！

もはや潑剌として、軍神に呼びかける。

「じゃ、そろそろはじめるか」

「気が早いのう。せめて母と子の前から退散すべきであろう」

神殺しと軍神の間では闘気が張りつめていく。

ベッドの上のエリカが息をひそめて、なりゆきを見守ろうとした――そのとき。寝室のドアが勢いよく開き、リリアナが入ってきた。

「こちらにいらっしゃいましたか、草薙護――なに!?」

ウルスラグナの存在に、さすがの女騎士も愕然とする。

護堂はリリアナに目配せし、あまり動じるなとうなずきかけて、

「何があった？　緊急事態か？」

「え、ええ、まあ……。アイーシャ夫人の捜索に出ていた清秋院恵那と万里谷祐理から、とんでもない報告がありまして――」

ちらちらウルスラグナに視線を送りながら、リリアナは言った。

その瞬間、輝く一五歳の少年は呵々と笑い出してしまう。

「おお！　察するに、おぬしらもついにあの魔女めが何をしでかしているか――事の大きさに気づいたか！」

「えっ？　アイーシャさん、やっぱりやらかしていたのか？」

　あきれた護堂に対して、ウルスラグナは鷹揚にほくそ笑む。

「くくく。まあ、家臣の報告に耳をかたむけるがいい。なかなかに信じがたい、しかし信じざるを得ない物語が聞けるであろうよ！」

3

　すこし前、草薙護堂はボルドーまで赴いて、災厄の獣を退治した。

　このときの獣、『巨大な豚』であった。しかし、それは些末なことで、より重大な事件が裏では進行していたのである。

「何日も祐理に見張ってもらった甲斐があったよねえ」

『お役に立てて、何よりです』

　草薙護堂がマルセイユに帰還したのと同じ頃――

　恵那はスペイン北西部の山林を駆けていた。猿にも負けない身軽さで野を走り、木の枝から枝へと飛び移って、驚異的な速さで走破していく。

　まさに自然児・清秋院恵那の面目躍如。

　本来、山間部で太刀の媛巫女についていける者など皆無のはずであった。

　しかし今、万里谷祐理――の幽体がぴったりと同行していた。ふわふわ宙に浮いて、恵那の快足にも負けない速さで飛んでいく。

幽体離脱。昔、プリンセス・アリスがよく使った術だ。

同じ《精神感応》の霊力を持つ巫女として、祐理も真似してみたのだ。

『この姿で空高くまで昇って、地上を見おろしていたときに〝命の雲〟――災厄の獣を生む雲が現れたのは、まさしく天佑でした』

幽体となった祐理に、酸素の有無も気圧も関係ない。

高度七〇〇メートルの高空にまで上がって、南ヨーロッパと地中海の一帯に不吉な雲が発生しないかを監視する。それを何日も繰りかえしていたのである。

（ちなみに、祐理の本体は今もマルセイユの館にいて、寝室のベッドに仰臥して、眠りについている）

このような経緯で見出した雲の発生地――。

恵那はそこをめざして、山野を風のように駆け抜けてきた。

一九世紀のヨーロッパ人は知る由もない言葉だが、百年後の子孫が今の恵那を目撃すれば、きっと『Ninja!』と叫んだだろう。

そうして、媛巫女ふたりがやってきたのはスペイン北西部。

カタルーニャ地方を通りすぎ、バレンシア地方の山奥まで入りこんだところで――ついにその惨状を目の当たりにした。

「……うわあ。ある意味、予想どおり――でもないか。予想のななめ上ってやつだよね、まちがいなく」

（アイーシャ夫人がこのようなことになっていらっしゃるなんて……）

恵那があきれ、祐理も嘆息（たんそく）するありさまであった。

……インド生まれの少女アイーシャを捕らえ、贄（にえ）とした村人たち。

キリスト教の異端・セルウィトス派という。しかし、それはまったく本件において重要ではない。以後は簡潔に『彼ら』『村人』と表記する。

彼らが代々伝えてきた《聖杯》、あのピンク色の岩塊（がんかい）。

村の伝承にいわく――

数多（あまた）の命を大地にもたらす《漆黒（しっこく）の聖母マリア》があるとき、地上に降臨した。

だが光り輝く剣を持つ戦士に襲われ、命を落とした。その亡骸（なきがら）がいつしか岩となり、聖杯と化した……。そういう代物（しろもの）である。

この不可思議な岩のなかで、少女アイーシャが眠っている。

村人たちは聖杯と少女をセットで伏し拝（おが）み、『聖母！』と熱狂的に礼拝していた。

そうするうちに、奇跡がはじまった。

聖杯から白い気体がむくむく湧きあがり、なんと空高くに昇って雲となり――流れていった先で〝災厄の獣〟を降臨させるのである。

司祭でもある村長に、村人のひとりが訊（き）いたものだ。

なにゆえにこのような奇跡が起きるのかと。

「われらの崇める《漆黒の聖母》は、母なる大地そのもの。鳥獣の女王でもあり、生命と死の双方を司る御方――。あのようなしもべを地上に遣わし、死と破壊を振りまいてもまったく不思議ではない」

「まことでございますか、司祭さま!?」

「うむ。穢れた地上を浄化するため、女神が荒ぶる獣をわれらのもとに遣わしてくださったのだ。歓喜せよ、皆の衆!」

「おおおおお!」

災厄の獣が南ヨーロッパのあちこちに降臨し、街を、都市を、破壊していく。

村人たちはひどくよろこび、村は連日、祭りのように盛りあがった。

彼らは異端キリスト教を信奉するのみならず、邪派の魔道を修め、生け贄などの悪しき儀式も積極的に執りおこなう邪術師カルトでもあったからだ。世の人々の不幸は、彼らにとって慶事であった。

村の歓喜と狂騒、半月ほど続いただろうか――。

しかし、至福の日々は唐突に終わる。

神殺しの魔王チェーザレ・ブランデッリが登場したのである。

その日から災厄の獣は〝やられ役〟に成り下がった。恐怖と混沌のるつぼと化していた南ヨーロッパはチェーザレの力で安寧を取りもどした。

今まで獣の脅威に打ち震えるだけだった正派の魔術師ども。

　連中がチェーザレの名を唱えると、どこからともなくあの男が飛んできて、ひどく事務的に獣たちを屠ってしまうのだ！


「おお、聖杯と聖女よ！」

「怨敵チェーザレ・ブランデッリに呪いあれ！」

「呪いあれ！　呪いあれ！　呪いあれ！　呪いあれ！」

「おのれ憎きチェーザレめ！」


　バレンシア地方の奥深い山中、断崖絶壁の前である。

　そこに、少女アイーシャを虜囚とした村の人々が集まっていた。

　怒りと殺意、呪詛と歪んだ正義の志をその身にみなぎらせ、声を大にしてチェーザレ・ブランデッリへの憎悪をまき散らしている。

　深夜であった。満月が中天近くにまで昇っている。

　人々が伏し拝むのは、アイーシャを呑みこんだ《聖杯》だった。

　なかば透きとおったピンク色の岩塊。そのなかで褐色の肌の美少女が横たわり、眠りについている。

　岩塊の形状、『大きな牛』に見えなくもない。サイズもそのくらいだ。

　この《聖杯》を木材で支えて、強引に直立させていた。内側で眠る少女と相対し、正面から祈りを捧げるために村人たちが工夫したのだ。

　そして、ひどく唐突に――

　ぱちり。アイーシャの両目が大きく開いた。

（……あら？　わたくし、今まで何をしていたのかしら？）

　ピンクに透きとおった石の内部で、ぼんやりと思う。

（たしか『無限の神殿！』みたいな場所で、変な神様たちに襲われて……。ここは一体、どこなのかしら？）

　アイーシャの意識はいまだ朦朧(もうろう)としている。

　だが、断片的ながら記憶が回復していた。しかも半覚醒状態の肉体にはかつてないほどに呪力がみなぎっていた。

　彼女を神殺し、妖(あや)しき洞穴(どうけつ)の女王たらしめる力の源が――。

　今、アイーシャを収めた《聖杯》の外では、数十名の人々がずいぶんと熱狂的に何かを訴えている。

「聖杯の乙女よ、正義の敵チェーザレに天罰を降し給え！」

「魔王チェーザレこそが諸悪の根源！　あの者をどうか、あなたさまの御力で……！」

「聖杯の母と聖女にお祈り申し上げまする！」

　それらの懇願(こんがん)、アイーシャはぼんやりした頭で整理して――

（なるほどお。チェーザレさんという方がこの人たちを苦しめているのですねー。ちょっと泣けてきちゃうわ。かわいそう……）

いつもどおりなら、アイーシャは涙ぐんでいただろう。

しかし、肉体はなかば眠ったまま。まだ指の一本も動かせない。経緯は思い出せないが、今の彼女は『石の内部』に閉じ込められていた。

外の人々から《聖杯》と呼ばれる石は、すさまじいほどに呪力を貯めこんでいて――

（あ、そうか。わかったわ！）

アイーシャは気づいた。

（この石から力をたっぷり吸い込めたのと、たくさん眠って山ほど休養できたから、それでズルワーンさまにかけられた『封印』が解けたんだわ！）

魔術を学んだことはないが、神殺しとしての経験はたっぷりある。

事のからくりをあっさり見抜いて、アイーシャは納得した。いかにズルワーンが時の権能で若返らせたと言っても、やはり自分は〝神殺し〟なのだ。

体も、記憶も、たしかに何も知らなかった一七歳の頃に回帰していた。

しかし、アイーシャの心身に過剰なほどの呪力がチャージされたおかげで、その『若返り効果』さえも打ち消せたのである。

魔王カンピオーネが有する呪法・魔術への抵抗力が高まって――。

アイーシャは己の状況をおおむね理解した。

だが残念ながら《聖杯》に閉じ込められたままなので、身動きはできない。そんな彼女に向けて、外の人々は尚も熱心に祈っている。

「聖杯の乙女よ、われらになにとぞ御加護をお授けください……！」

「怨敵チェーザレを懲らしめてくださいませ！」

心やさしいアイーシャは、いつだって愛と善意の申し子である。

当然、彼らの叫びに心を動かされた。

（あそこまで言ってるし、かわいそうだから……人助け、しちゃおうかしら）

たしかに当分、《聖杯》とやらの外には出られそうにない。

その間の暇つぶしにもなるし、何より都合のいいことに――《聖杯》のパワーが結構かんたんに活用できそうで……。

（えいっ）

ちょっと念じてみた。

アイーシャ入りの岩塊から白い煙がむくむく立ちのぼり、夜空に昇っていった。そのまま雲になり、どこかへ流れていく。

（あれがどうやら、わたくしのお友達を生み出すみたいね……）

雲の役割、漠然とアイーシャは感じとった。

奇妙な《聖杯》とやらに幽閉されていた間に、力関係が逆転したのだ。

というよりも『まつろわぬ神でもない無機物』が魔王カンピオーネを永久に閉じ込められるわけがない。いや、まあ、すこし前までアイーシャはただの人間だったので、少々つじつまが合わない気もするが――

（でも昔、誰かに言われたものね。わたくしたちは『力で無法を天に通じさせる生き物』だって。こういうことがあるから、なのかしら？）

自問しながらもアイーシャは試運転をはじめた。

念を高めて、『命の雲』を次々と生み出す。むくむくむくむく。聖杯から立ちのぼる雲が東へ西へと当てもなく流れていく。

どこかに流れ着いたあと、あそこからアイーシャの『友』が誕生するのだ。

（まあ素敵！　みんなといっしょにチェーザレさんと戦って、この世界に平和を取りもどしてあげなくちゃ！）

「おお、聖杯の乙女よ！」

「われらに奇跡をお示しいただき、感謝いたします！」

「漆黒の聖母とその乙女に御栄(みさか)えあれ！」「御栄えあれ！」「ハレルヤ！」「主を誉(ほ)めたたえよ、ハレルヤ！」「ハレルヤ！」「ハレルヤ！」

外の人々が歓喜していた。

命の雲を立てつづけに七回ほど発生させたからだ。

（来(きた)る決戦の日にそなえて、がんばらなくっちゃ！）

アイーシャはすっかり『よいこと』をした気分になっていた。

このような一部始終を、媛巫女たちは目撃したのである。

恵那は物陰に身をひそめて、幽体化した祐理は上空に昇って。バレンシア地方の山中での一幕であった。

ふたりは合流すると、ひそひそ相談をはじめた。

「あの邪術師さんたちが《聖杯》とか呼んでた石——。あれが〝災厄の獣〟と〝命の雲〟を生み出してたんだよね、たぶん」

『私もそのように感じました』

恵那の推測に、祐理がすぐさま同意した。

彼女はその傑出(けっしゅつ)した霊視力で、大体のあらましを感じとっていたのだ。

『何かの拍子(ひょうし)に呑みこんだアイーシャ夫人の御体を——どうやら消化しきれなくなって、それでおかしくなっていたようなのですが……』

「逆にアイーシャさんに支配されちゃった?」

『だと思います』

「うーん……自前の力だけで暴走してたときの方が、まだ害はすくなかったんだ」

「そうなりますすね……」

暗い面持(おもも)ちでうなずき合う巫女たち。

が、すぐに祐理は凛々(りり)しく顔を上げ、毅然(きぜん)として言った。

『私は本当の体にもどって、このことを護堂さんたちにお伝えします。すぐに対策を練らないといけません!』

「じゃあ、恵那はここに残って、偵察をつづける。とんでもないことになるよ……！」

『もし可能なら、アイーシャ夫人と接触して、すぐに愚行——蛮行……いえ、恐ろしい真似をやめていただきましょう！』

「わかった。やってみる。でもあの人、恵那に止められるかな……」

さすがの祐理も失言してしまうほどにあせっていた。

天衣無縫の恵那も、珍しく悲壮な覚悟で表情を引き締めていた。

——最後の王ミスラと時の神ズルワーンによる『魔王封印』。ひっくり返したのは、やはりアイーシャ夫人の荒ぶる底力であった。

# 第6章　反運命の戦士

1

異端キリスト教をルーツとする邪派の魔導師が暮らす村。

バレンシア地方の北、イベリア山系に属する山間部にひっそりと存在していた。

自動車や飛行機はまだなく、機関車もそこまで普及していない時代。徒歩・馬・馬車などで山道をえんえんと踏破しなければ、たどり着くこともできなかった。

まあ、ちっぽけな山村なのである。

谷沿いに作られた集落で、石造りの住居が二、三〇軒ほどあるだけ。

生活の糧はささやかな畑作と放牧で得る。生け贄だの魔術だのは、村人にとっていわば数少ない道楽――と言うのは酷だろうか。

しかし今、そのちっぽけな集落は大にぎわいだった。

「よく集めたもんだよ、ほんと……」

「うむ。おぬしの同族どの、まこと節操のない婦人であるようじゃ」

草薙護堂のつぶやきに、今だけの相棒が相づちを打つ。

このあたりの山系に多い針葉樹に隠れ、山の中腹部から谷沿いの村を見下ろしていた。巨大な獣たちであふれかえっている。

ライオン、熊、豚、大蛇に雄鹿、馬、トカゲにワニ――。

とにかく多種多様な動物たちが五〇匹以上はいる。

どれも体長二〇～三〇メートルという規格外サイズ。いずれも大地に伏せて丸くなり、しつけのよい犬のように待機姿勢であった。

ただし、そうなるまでに多少の騒動はあったらしい。

村の家々――半分程度が打ちこわされていて、ガレキの山と建材の残骸に変貌していた。もう半分が無事なのは、たぶん家同士が密集しておらず、まばらにしか建っていないことが幸いしたのだろう。

「どう考えても、でっかい動物軍団に荒らされたんだよな」

護堂はつぶやいた。

村の中心にある広場には、ピンク色の岩塊が横たわっている。

ここからは見えないが内部にアイーシャ夫人がいるはず。尚、岩塊のすぐそばでは数十名の人間たちが身を寄せ合っていた。

彼らはおびえたまなざしで〝災厄の獣〟たちを見つめている――。

「あの者らの恐怖を感じるのう。すっかりおびえておる」

相棒は村人たちにやや同情的であった。護堂は肩をすくめた。

「村にあんなのが居ついたら、邪神教団みたいな連中でもそりゃ堪えるだろ」

「そうなったのは自業自得だとも言えるが、不憫でもある。まさか戯れに虜にした乙女が神殺しなどとは夢にも思うまい！」

正義の守護者にふさわしい物言いであった。

相棒――軍神ウルスラグナと護堂はこの三日間、休戦していた。

次々と命の雲が発生し、南欧各地に災厄の獣が降臨してくるからだった。《聖杯》なるアイテムを支配した〝眠り姫〟アイーシャ夫人が力を濫用した結果である。

マルセイユの館でウルスラグナは言ったものだ。

『ここだけの話、認めざるを得んな。あの魔女に関しては、我が主ミスラと時の王ズルワーンは〝しくじった〟と。救世の剣をあずかる者として、尻ぬぐいをせねばなるまい』

『奇遇だな』

すかさず護堂もこう言った。

『俺もあの人の不始末、尻ぬぐいするつもりだったんだ』

『ふむ』

ウルスラグナは短く相づちを打っただけ。

しかし以後、神殺しと軍神は共に南ヨーロッパの各地をまわり、次々と災厄の獣たちを撃破して、ついに敵の本拠地までやってきた。言葉を尽くさなくとも自然といっしょに行動していたのである。

あのなつかしいサルデーニャ島での旅のように。

そして今も、草薙護堂と軍神ウルスラグナは肩をならべている。

「よし、はじめるか」

「承知しているであろうが、あくまで前哨戦じゃ。力尽きるでないぞ」

「誰に言ってる。言わば俺の方がチャンピオンで、おまえの挑戦を受ける立場なんだ。上から見おろしていいのはこっちだってこと、忘れるな」

「ふ――っ」

護堂との言い合いで、軍神の唇にあの淡い微笑が浮かぶ。

ここからはもう、言葉は戦うための武器であった。まずウルスラグナが唱えた。

「主は仰せられる……。咎人に裁きをくだせ。背を砕き、骨、髪、脳髄を抉り出し、血と泥と共に踏みつぶせと」

美少年の体がふくれあがり、黒い毛むくじゃらの肉塊に変化しはじめた。

負けじと護堂も〝続き〟を唱える。

「鋭く近寄り難き者よ。契約を破りし罪科に鉄槌をくだせ！」

オオオオオォォォォォォォォオオオオオオオオンッ！

咆哮を放ちながら、地中より神獣『猪』が飛び出してくる。草薙護堂の分身であり、ウルスラグナ第五の化身であった。

漆黒の破壊者は山を駆けおり、谷沿いの集落へ猪突猛進していく。

そのすぐ隣に――護堂の分身とほぼ同じ体格、魁偉さを有する『猪』が走り込んできた。輝くような美少年が変身した姿であった。

今、二匹の『猪』が併走しながら、雪崩のごとく山の斜面を降りきった。

目の前に立ちはだかる障碍をことごとく粉砕し、蹂躙するために。草薙護堂と東方の軍神、最初で最後の共闘をまっとうするために……。


ドドドドド――ッ！

すさまじい震動で大地が揺れている。

（地震……土砂崩れ、かしら？）

命を生む《聖杯》のなかで、ぼんやりとアイーシャは思った。

（動物さんたちに頼んで、村のみなさんを守ってあげないと）

魔王チェーザレとの対決にそなえて、動物軍団をせっせと創りあげてきた。その途中で一部の獣たちが暴れたりもしたが、皆すっかり落ちついている。村人たちも大喜びして、アイーシャ＝聖杯に感謝の祈りを捧げてくれた。

尚、ひとつだけ『アイーシャさん！　おねがいだから、もうやめて！』と訴える声もあった気がした。

しかし《聖杯》内にいると、外の細かな様子が残念ながら把握できない。

（……何かもぞもぞやってる人がいるわね）

で、終わってしまった。

だが今のように、外界で大騒動がはじまれば――

（あら？　あらあらあらあら!?）

アイーシャは狼狽していた。

せっかく用意した動物軍団が今、為す術なく虐殺されている……？

双子のようにうりふたつな漆黒の神獣二匹、山村のある谷を縦横無尽に走り、飛びまわって、アイーシャ軍団の動物たちを屠っていた。

どれもほぼ一撃で片づいていた。

猪突猛進からの頭突き、体当たり、口元に生えた牙での一突きなど。

そういう雑にして豪快な力技で、黒き神獣二匹は次々とアイーシャの動物たちを跳ねとばしていた。さらに前肢で踏みつけ、後ろ肢で蹴り飛ばした。口元の牙でやわらかな腹部をつらぬいたあげく、ぐりぐりと抉っていた。

また村人たちはついに絶望し、逃走をはじめた。

「ち、チェーザレの魔獣が出た!?」

「二匹もいる!?　もうおしまいだ――！」

「乙女よ、聖杯よ、われらに御加護を……うわあああっ！」

なんとか踏みとどまろうとした村人も、格闘する巨大生物と巨大生物が接近してくれば、もう堪え切れない。一目散に走り去っていく。

そして——アイーシャはすぐ近くに二人組が来たと感じた。

「こいつがうわさの聖杯か。本当だ。なかにアイーシャさんがいる」

「一応、起きてはいるようだが寝ぼけまなこじゃな。こんなざまで地上にあれだけの災厄をばらまくとは。まこと畏るべき女人よ」

「俺がわかるか、アイーシャさん？　……反応なし。恵那の言ったとおりだ」

「無理矢理に切りはなすしかなさそうじゃ。どれ」

長身の青年と背の低い少年だった。

ふたりが目配せを交わす。少年の右手にいきなり長剣が現れた。

「さすがだな。斬れるのか？」

「うむ。我が霊眼には、はっきりと視える。この聖杯とやら、遥か昔に最後の王ミスラが殺めた大地母神——その亡骸が石となった代物よ。存命であった頃の女神、エフェソスのマリアなる神名であった。叡智の剣よ、この名と神格をしかと斬り裂け……」

唱えながら、少年は剣を突き出してくる。

それは黄金の刃で、神々しいほどに輝いていた。

ずぶり。あっさりと《聖杯》に突き刺さる。硬い石の表面が切っ先をはじき返すのがふつうなのに。ずぶずぶ。剣はさらに深くへと進み——

黄金の切っ先がちょうどアイーシャの目の前まで到達した。

その瞬間、我が身が軽くなるのを感じた。急に意識がはっきり鮮明になってくる。

「聖杯なる石の力、我が剣が封じている。今のうちにやるがいい」

「よし、アイーシャさん！」

長身の青年……いや、草薙護堂が手をのばす。

透きとおったピンクの岩塊に、今度は彼の右手がずぶずぶ突っ込まれた。その手がアイーシャの腕を摑み、引きよせる。

ざばっ！　水中から空気中へと引きもどされるような感覚であった。

かくして神殺しの貴婦人は復活。アイーシャはうつろなまなざしでぼんやりつぶやいた。

「ふえええ……草薙さん、おはようございます……」

「のんきなもんだなあ」

旧知の青年で〝同族〟の草薙護堂。

寝ぼけるアイーシャを眺めて、あきれていた。神殺しの青年のすぐそばには一五歳くらいの少年もいて、黄金の剣を持っている。名前は何だっただろう？

とにかく彼が救い主なのだ。お礼を言わなければ。

「ありがとう、ございまあす……ふえええ……」

まだまだ眠くてたまらない。こてん。

アイーシャは地面に大の字になり、すやすや寝息を立てはじめた。

## 2

「不幸中の幸いは、アイーシャさん本来の権能を使われなかったことだな」

一仕事終えて、護堂はひとりごちた。

「聖杯ってやつに取りこまれたせいで、たぶん使用不能になったんだろうけど。妙な動物園を作る能力よりも厄介なやつばかりだから、正直助かった」

戦場となった邪教集団の小村。

災厄の獣たちも二匹の『猪』もすでにいなくなり、静まりかえっていた。

もとは小さいながらもひっそりと谷間にたたずむ集落で、都会の華やかさはなくとも風情のある山村の景色を愛でられたのだろう。

しかし今、ささやかな畑も、木々も、村の家屋も薙ぎ倒されていた。

踏みつぶされ、蹴倒され、ぐしゃぐしゃに押しつぶされたのだ。

爆撃でもあったのかというほど無惨な光景。数十匹の巨大生物がさんざんに暴れまわったせいである。

残っているのは護堂とウルスラグナ、そして眠れるインド系少女——。

「いい顔で寝てるよ。ほんと、この人はとんでもないな……」

「まこと豪傑と讃えるべき婦人ではあるのだろう。そのしでかした所行に目をつぶれば、じ

や が……」

　ふたたび眠りについたアイーシャ夫人が目の前に寝っころがっている。

　こんな光景をこの少年と見おろす日が来るとは！　その感慨が護堂を苦笑させた。隣にいるウルスラグナもふっと微笑している。

　さあ、ここからが本番――。

「おまえ、アイーシャさんをどうする気だ？　抹殺でもするか？」

「事情があって、それはできぬ。次は我が手で牢獄に放り込み、永遠の囚人として飼い殺しにしてくれよう」

「ちょっと賛成したい気持ちはあるけど、駄目だな。俺は認めない」

「認めぬか」

「ああ。この人は俺の友達……とも言いにくいけど、古くからのなじみだし、見捨てるつもりはかけらもない。だから、こ、ここまで、ここまでだ」

「うむ。ここまでじゃな」

　打てば響くように同意が成立した。

　共闘はここまで。ここからはいよいよ決戦の時――。

　護堂はウルスラグナにまっすぐ向き直った。眠りっぱなしのアイーシャ夫人はあえて気にしなかった。そんな余裕などないのだ。

　……今回、ウルスラグナはいきなり黄金の剣を呼び出したからだ。

「切り札を出すのがずいぶん早いな」

「ふっ。手の内を探り合う段階は前の戦いでとっくに終えている。それは我のみならず、おぬしも同じだろう？」

答えるまでもない問いだった。ウルスラグナも護堂も微笑んでいた。

それは友好の笑みではない。獰猛なる微笑は体の奥底から闘志があふれ出るからこそ。強者との出会いをよろこぶ戦士の顔であった。

「俺の嵐を起こすやつ、もう斬れるのか？」

「否とは言わぬ。……だが、それよりも先に封じておくものがあるのう」

ウルスラグナは黄金の切っ先を護堂に突きつけた。

「我は全ての障碍を打ち破る者。草薙護堂、おぬしが我より簒奪した権能さえも――打ち砕いてくれよう。智慧の剣を以て、我は我自身の神力を切り裂いてくれる！」

大地より光の玉がいくつも湧き出てくる。

少年の詠唱する声からも光の玉がどんどん生まれていく。

あっというまに辺り一面、数え切れないほどの光球で充ち満ちていた。そして、それらのひとつひとつが草薙護堂を牽制している。

ウルスラグナはさらに唱えた。

「おぬしは簒奪により、軍神の力を我がものとした。勝利する神、正義を為す神、導く神、力強き神、正しき神、守護する神、化身する神。すなわち我ウルスラグナの十ある相を全て掌握してみせた。なればこそ告げる。その全てを我が封じると」

言霊がそのまま刃となり、剣となる。

神をつまびらかにする言葉が武器となるのなら、自分自身を斬る剣など容易に鍛造できるはず――。ウルスラグナの剣、恐るべき速さで完成しつつある。

護堂もあわてて唱え出した。

「我は智慧の技、言葉の技を以て、全ての敵に勝利す――ちっ、駄目か」

軍神ウルスラグナを切り裂くための言霊、護堂も口にしたのだが。

いつもなら、この声から光が生まれる。だが今、その兆しすらも感じない。草薙護堂の心身に根づいているはずの権能をまったく呼び起こせない。

しゅっ！　ウルスラグナが黄金の剣を突き込んできた。

試しに護堂は『鳳』を使おうとした。

が、やはり発動する兆しすらもないので、とっさに跳びのき、剣を避けた。

「それをやられると、俺の方は武器が一〇個もなくなるんだよな……」

「我の全てを受け入れようなどと、無理をしたのが祟ったな。その気概は宿敵として、かりそめの友としてよろこばしく思うが……」

ウルスラグナの右手には黄金の剣がにぎられている。

加えて、左手にも大剣が現れた。燦然たる輝きを刃に宿す――救世の神刀であった。ふたたびの二刀流、剛柔両立の闘法がまたしても護堂に襲いかかる！

（我が主(あるじ)よ、草薙護堂よ！）

　護堂の心に、いきなり『声』がとどいた。

（そろそろ余に、槍(やり)の女王に出番をあたえよ！　此度(こたび)のいくさがはじまってから、槍を一度貸しただけなのだぞ！　これほどに熱き戦いを見せつけられては、もはや我慢ならぬ！）

　軍神ランスロットからの直訴(じきそ)だった。

　草薙護堂の権能と化した槍の神。『猪』をも超える激情の持ち主は、今か今かと参戦の時を待っている。たしかに十の化身がなければ、彼女を出すしかない。

　しかし、護堂はしりぞけた。

「まだ『時』じゃない。おまえの出番は正真正銘の勝負時までおあずけだ！　もうすこしそっちで待っていろ！」

　代わりに繰り出すのは、こちらだった。

「ハヌマーン！　太陽を盗む大猿、おまえの見せ場だ！」

「救世の剣よ――何!?」

　さすがのウルスラグナも驚愕(きょうがく)していた。

　救世の雷(いかずち)を放つ源――白き恒星が空に具現した瞬間、黒い影に呑みこまれたからだ。それは逞(たくま)しい大猿の形をした影だった。

　ハヌマーンの影は変幻自在、いくらでも巨大になれる。

　直径四、五〇メートルもの擬似(ぎじ)天体など、かんたんに取り込めるのだ。

その影のなかで幾度も火花が散り、電光がバチバチと閃く。救世の雷がはじけ、絶えず炸裂していた。それをハヌマーンの影はみごと抑えこんでいる。

ウルスラグナが叫ぶ。

「我が雷撃の陣を抑えこむか。やるな！」

「使えるやつだろう？　切り札になると思って、温存してたんだ！」

焔や高熱であれば、ハヌマーンの権能で吸収できる。

たとえ救世の雷であろうとも、ごく短時間であればどうにか――。その確信が護堂にはあった。そして、その短い猶予がいずれ必ず勝負の要になるとも予期していた。理屈抜きに神殺しの獣の直感で。

この時間はいくらも続かない。だから天叢雲剣を呼ぶ。

ゆるく湾曲した黒の剣が護堂の右手に現れた。一瞥するなりウルスラグナは言った。

「あの剱を使う気か？　いにしえの蛇女神アテナと暁の魔女キルケー……二柱の女神より授けられた黒の大法を」

「とっくにお見通しか。やっぱりな」

「黒の剱、繰り出してみるがいい。いくらでも受けて立つ」

「いいや……。そいつじゃ絶対におまえを倒せない。俺が選ぶ武器はこっちだ」

勝利の申し子に勝つにはもう〝この手〟しかない。

覚悟していたとおりの展開だった。だから護堂は躊躇せず、決然と唱える。

「俺は知っているぞ、ウルスラグナ――」

「何!?」

「おまえの剣は決して絶対的な武器じゃない。そいつを数え切れないほど使ってきた俺には――俺だからわかる！」

「おぬし……ふたたび剣の言霊を唱えるか！」

護堂の声が言霊に昇華し、剣となる兆しはまったくない。

それでも護堂はひるまず――否、開きなおって詠唱をつづけた。もうこれしかウルスラグナを超える手はないのだから！

「今まで何度もウルスラグナの剣は封じられてきた。おまえの言ったアテナにも、ペルセウスにも、二郎真君にも。だから……俺も同じことをやってやる！」

護堂は天叢雲剣を片手で振りあげた。

黒い刀身の切っ先が天を指す。日本国の宝刀と草薙護堂のまわりにはおびただしい光の玉が浮いていて、軍神より奪った権能を封じ込んでいる。

しかし、それに対抗する〝もの〟が出現しはじめた。

闇の玉――。

ひとつ、またひとつと空中に湧き出てくる。

それは『剣の言霊』が生み出す光球とまったく同じ大きさであった。

「天叢雲！　俺の代わりに剣を造れ。俺とウルスラグナの剣をコピーして、あいつの権能を切り裂く剣――ここに呼び出せ！」

『応！』

短いが力強い応答。

禍々しい漆黒の太刀はぶぅううん、ぶぅううんと震動をはじめていた。

その震動音が闇の玉を生み出している。天叢雲剣の『謡』であり言霊であった。

続々と誕生していく闇の玉はあたりにひしめく光の玉にまといつき、あるいはぶつかっていく――。

他者の力をコピー――それはあくまで天叢雲剣が自力で模倣するもの。

オリジナルとは似て非なる権能であり、ウルスラグナの神力を斬る『剣』では封じ込めないのだ。だから護堂の『十の化身』が使えなくとも、闇の玉はまたたく間に数を増やし、光の玉と同じほどに空中に満ちていった。

小さな光と闇のせめぎ合いがそこかしこではじまる。

ウルスラグナは喝破した。

「我が剣を模倣しただと？　そのような――まさしく付け焼き刃で我を超えるだと？」

「付け焼き刃でも何でも、役に立てばいい！」

図星を突かれてあせりながらも、護堂は強がった。

さすが本家。早くも見抜いている。天叢雲剣によるコピーはそう長く維持できるものではないと。だが、そのわずかな猶予が自分には必要なのだ！

護堂は震動する天叢雲剣を地面に突き刺した。

そして、このとき。上空でハヌマーンの影がはじけ飛んだ。

救世の神刀を抑えきれなくなったのだ。二刀を構えたウルスラグナは左手の白き神刀で護堂を指ししめす。

「よし——ならば、その付け焼き刃で何ができるか、見せてみよ！」

「望むところだ！　羽根持てる我を畏れよ！」

天から落ちてきたのは、一筋の雷霆。

魔王殲滅を成すため、勇者に授けられた天上の武具であった。その接近を察知しながら、護堂は今度こそ『鳳』の化身を使った。

天叢雲剣による闇の玉が光の玉——ウルスラグナの剣を無力化しているのである。

今、草薙護堂は神速の足と身軽さを手に入れていた。

自分めがけて秒速一五〇キロで降りかかる雷霆さえも減速して見える。体感で言えば、遠くから投げつけられた石と同程度のスピード感だ。

これならぎりぎり回避できる。かつてラーマを相手にそうしたように。だが。

（天叢雲の時間稼ぎ、保って二、三分ってところか……）

ひそかに算段しながら、護堂は加速——しなかった。

それでは、天叢雲剣がくれる猶予を最大活用できないからと。

護堂はあえて救世の雷を受けるにまかせた。全身に熱さと激痛が走る。その瞬間に加速をはじめた。痛打を受けた体に鞭(むち)を入れるため、咆哮(ほうこう)しながら。

「だあああああっ!」

「なに!?」

二刀を構えたウルスラグナが唖然(あぜん)としていた。

神速を発動させておきながら、あえて雷を避けなかった護堂の愚行に意表を突かれたのだろう。その軍神めがけて、護堂はひた走る。

天より雨あられと降ってくる雷撃を、右に左に避けながら神速で——。

「むっ!?」

ウルスラグナが切れ長の目で、接近する護堂をにらんでいた。

音よりも速く、稲妻と同じほどに速い。それが神速。だが、彼もその使い手。地上を走る閃電と化した護堂が肉薄する動き、見えているらしい。

両手の二刀を『X』に交差させて、防御の形を作る。さすがだった。

「でも、もう遅い!」

護堂はすでに、ウルスラグナの背後に回りこんでいた。

敵は東方の軍神、勝利の申し子。救世の神刀まで二刀流で抱(かか)えこみながら、神速の敵手にしっかり対応するなど——万全の体勢なら、どうにかできただろう。少年の姿をした神はそれほどの戦士なのだ。

だから意表を突くため、護堂は手負いとなった。

そして、それはこの化身を発動させるためでもあった。

「雄強なる我が掲げしは……猛き駱駝の印なり！」

ウルスラグナの背後で空中に跳びあがり、凶猛なる回し蹴り。

少年神の後頭部をみごと強打する。さらに蹴りの威力を乗せた足の甲に呪力が宿り、爆発を起こす。ドォォオン！

「お――おおっ!?」

背後の爆発にふきとばされて、ウルスラグナが前のめりに倒れこむ。

まあ、ふつうなら直撃を浴びた後頭部がふきとんでもおかしくはない。これで済むあたり、さすが鋼の剣神に名を連ねる猛者よと讃えるべきなのだろう。

その間に――護堂はアイーシャ夫人へ駆けよっていた。

眠れる神殺しを抱えあげ、遥か遠方めざして神速で走り出しながら、命じる。

「もういいぞ、『時は来た』ってやつだ！」

（承知！　このときを待ちかねていたぞ、本当に……！）

軍神ランスロットからの応答であった。

……十の化身を持つ者同士の決闘がはじまる、すこし前に。

ランスロットは天翔ける白馬にまたがり、戦場となる山村の上空に到着した。そのまま適当な雲にもぐりこみ、待機していた。

彼女はアマゾネスの女王にして、雷鳴と稲妻の体現者。

雷雲、雨雲を問わず、雲中にひそむことなど児戯（じぎ）にも等しい。

そうして、待っていたのである。王からの号令――鬨（とき）の声を上げ、鋭き槍と美々しき楯（たて）を掲げて進軍せよ、を。

ついに時は来た。ランスロットは愛馬の腹を蹴った。

「われら主従、これより極大の稲妻となる。駆けくだる閃光と化して、軍神ウルスラグナごと地上に大穴を穿（うが）つのだ。できるな？」

ひぃぃぃぃぃぃん。

いななきで答える愛馬、馬用の胸甲と兜（かぶと）、脛当（すねあ）てで武装していた。

ランスロット自身も白銀の鎖（くさり）かたびらと鉄兜、長槍（ちょうそう）と菱形（ひしがた）の楯で準備万端。そして、いよいよ駆け出した。

めざすは地上、主の蹴りでついに転倒したウルスラグナ。

軍神は今、無防備な背中を天にさらしている。ランスロットと愛馬は墜落する隕石（いんせき）のごとく降下していった。


――ゴォォォォォォォォオオオオオオオオオンッ！

光と熱と衝撃波が荒れくるい、バレンシア山中に直径一五、六キロはあろうクレーターが忽然（こつぜん）と穿（うが）たれる事態となった。

異端魔術師たちの小村もきれいに消し飛び、地上から消滅した。

その爆心地に二柱の神がいる。馬上より敵を見おろす女王ランスロットと、むなしく地上に倒れ伏すウルスラグナが。

少年神のすぐ近くには、白金色に輝く大剣も転がっていた。

もちろん、救世の神刀である。

空にはもう白き恒星も、剣の言霊も、それを封じる闇の玉もない。全てが軍神ランスロットの一撃で〝ゼロ〟に帰していた。

## 3

「大丈夫、王様?」

「お体の方、もう限界なのではありませんか?」

「まあ……まだぎりぎり、どうにか保ちそうかな。まだすこしなら無理は利く。ここが正念場だから、もう一踏ん張りしてくるよ」

「承知しました。あとのことは全ておまかせください」

「たのむ、リリアナ。もちろん恵那と祐理もな。アイーシャさんのこともまかせる」

化身『鳳』による神速で、戦場を一時離脱した草薙護堂。

自分を支えてくれる女性たちに囲まれていた。清秋院恵那と万里谷祐理、リリアナ・クラニチャールである。

アイーシャ夫人はあいかわらず、のんきに眠っていた。

尚、ランスロットが穿ったクレーターからは数キロも離れている。針葉樹の森のなかでの小休止だった。

「……しかし、結構きつい状態ではあるな」

護堂は苦笑いした。

すこしでも体を休ませるため、木の切り株に腰かけている。どうにかウルスラグナを追い込んだものの、肉体は限界間近だった。

まず『鳳』と『駱駝』の化身を二重使用したことによる疲労。

さらに、救世の雷を受けたダメージ。軍神の意表を突き、『駱駝』を発動させるにはあの自爆が不可欠だったとはいえ、やはりきつい……。

「でもラーマのときとちがって、武器に毒も仕込まれてなかったからな」

その点だけは幸運だった。

英雄ラーマの稲妻には、神々と神仙より授けられた武具の数々がひそんでいて、毒などの特殊な効能を持つものまであったのだ。今回、護堂は全身がばらばらになりそうな痛みと、倦怠感に、交互に襲われている。が、まあ、まだなんとか耐えられそうだ。

――そう。『駱駝』の使用条件は深傷を負うこと。

代わりに使用中は苦痛に強くなるので、そこそこ元気に動きまわれる。

だが、その恩恵がなくなれば、堪(こら)え切れなくなったダメージが草薙護堂の動きを止めてしまうだろう……。

ずきずき頭が痛むのは、今も『鳳』と『駱駝』を二重で使っている負担だった。

また天叢雲剣(あまのむらくものつるぎ)もしばらく使えない。ランスロットの起こした爆発に巻きこまれて、かなり傷(いた)んでいた。無理に使えば、砕け散るのみだ。

戦力は通常時の半分以下。護堂は希望的観測を口にした。

「ウルスラグナがKOできてたら、もうがんばる必要はないわけだけどな――」

その直後だった。

（……う、く――なんという力だ……!?）

愕然(がくぜん)とするランスロットの心が伝わってきた。

倒したはずのウルスラグナとの闘争、まだつづいているのだ！　そして、苦戦しているのは明らかに槍(やり)の軍神――！

護堂は痛んだ体に鞭(むち)打って、ゆっくりと立ちあがった。

「俺はもう行く。万一のときはみんなのいいようにやってくれ」

身重のためバレンシアに置いてきたエリカ、やがて生まれるであろう子供のこと、護堂はあえて言わなかった。

ここまで付いてきてくれた彼女たちが――悪いようにするはずないのだから。

見送る側を代表するように、祐理が言った。

「はい。御武運をお祈りいたします。無事に帰ってきて……とは申しません。あなたにふさわしい別れの言葉ではありませんから」

たおやかな大和撫子(やまとなでしこ)には不似合いな、勇ましい言葉。

すこし涙目なのは、護堂の身を案じてくれているからこそだろう。

「うん。全てを出し尽くしてきてね、王様。恵那はやっぱり、草薙護堂が勝って、とんでもないことを成し遂(と)げるところが見たい」

明朗快活(めいろうかいかつ)ながら、武士の娘らしい覚悟に満ちた恵那の言葉。

そして最後に、リリアナがうなずきかけてくる。

「主(あるじ)の不在を補うことがわたしの務め。あなたが生きていても、死んでいても。だから今のあなたが考えるべきは目の前の戦いのみ、です」

「ああ。本当にありがたいな、そう言ってもらえるのは」

そもそも、もうすぐ子供が生まれる身でこんな決闘に臨(のぞ)むべきではない。

子を育てる責任が親にはある。しかし、それでも戦っていいと彼女たちは言い、ろくでなしの背中を押してくれる。本当にありがたい。

——もう行かなくては。護堂は『鳳』の神速で走り去った。


全てがふきとんだあとのクレーター。

その平らかなる大地は土と砂ばかりで、殺風景このうえない。視界をふさぐのは土埃(つちぼこり)くらいである。だから、よく目立った。

すり鉢めいた形のクレーター、その〝底〟で戦う両名が。

ひとりは長槍と楯、もうひとりは救世の神刀を得物にしていた。

愛馬を失ったらしいランスロットとウルスラグナだ。すり鉢状に客席を設けたスタジアムでの格闘試合にも似た光景。思わず護堂はつぶやいた。

「まるで闘技場だな……」

そして、劣勢に立つのはランスロットの方。

圧倒的強打でウルスラグナを大地ごと打ちのめし、得物のリーチでは遥かに勝る槍を手にしているというのに、防戦一方であった。

もう槍を突くこともできず、楯をかざして猛攻を受けるばかりであった。

ウルスラグナは救世の神刀を休みなく振るい、振るい、槍の女王を斬り伏せようと攻め立てている。白金の剣と少年の体は絶えず放電していた。

「く……っ。なんという力技よ！」

「すまぬがもう己でもこの勢いを止められぬ。死を恐れるのであれば、我の前より疾く去るといい、西方の軍神よ！」

ウルスラグナが動き、声を発するたびに稲妻が生まれる。

彼の全身から電光がほとばしり、周囲の空間を灼くのである。前後左右ななめ、どこに飛ぶかはまったくのランダムだ。

ランスロットはその無軌道な電撃と神刀の威力に押されて、圧倒されていた。

「ラーマも前にああなってたな……」

言うなれば電撃体。護堂は思い出した。

救世の英雄がなりふりかまわぬ攻撃に特化した姿。しかも、ウルスラグナは野蛮なほどの苛(か)烈(れつ)さで、神刀を繰り出しつづける。

ランスロットは菱形(ひしがた)の楯をかざして、必死に斬撃を止めていた。

ぎぃん、ぎぃん、ぎぃん！

雷をまとう神刀が楯にあたるたび、鈍(にぶ)い金属音が響く。

どうにか防ぎとおしているところはさすがランスロット。しかし、神刀と少年の体から絶えず放たれる電撃までは対処できず――

「ちっ。猛々(たけだけ)しいものだな、東方の軍神！」

何度も電光に打たれて、歴戦の猛者(もさ)ランスロットも辟易(へきえき)していた。

一方、優位となったウルスラグナは――忌々(いまいま)しげな顔つきで神刀を振るい、電撃を放っていた。吐き捨てるようにつぶやいたりもする。

「まったく！　この世はまこと、ままならぬものじゃな！」

ランスロットのしぶとさに苛(いら)ついているのか？

いぶかしんだ瞬間、護堂は気づいた。電撃体の荒々しさに目を奪われて、すぐ察知できなかったが――すさまじい呪力がウルスラグナから湧き出ていた。

「あいつの体から出てくるパワーのすごさ……そうか！」

数値で計れば、草薙護堂をはじめとするカンピオーネや、まつろわぬ神たちを数倍も凌駕するほどになるだろう。

そうだった。神殺しが二名以上いるとき、『最後の王』はより強大になる——。

魔王殲滅の使命をなしとげよと、運命が彼を支援するのである。この現象、何度も目撃している。護堂はとっさに指示した。

「——《盟約の大法》だ！　もどれランスロット！」

苦戦する守護騎士の姿が『ふっ』と消え失せた。

ランスロットが全力で戦える時間は短い。無駄に粘らせても意味はない。眼前の敵を失ったウルスラグナは護堂に視線を転じた。

少年の体と救世の剣、絶えず電光をばちばち放出したまま。

が、射程圏は五、六メートルというところ。離れていた護堂にはとどかない。

「それ、おまえもできたんだな……」

護堂は覚えていた。斉天大聖も《盟約の大法》を模倣したことを。

常に正道、王道を往く英雄ウルスラグナに人真似はふさわしくないようにも思えたが、できても不思議はない。ある意味で納得だった。

当のウルスラグナは、どこか皮肉っぽい口調で言った。

「こちらの御仁が親切なことに授けてくださった。ありがたいことじゃな」

「御仁？」

首をかしげる護堂。

直後、ウルスラグナの頭上に『獅子の石仮面』が現れた。

「当然ノ措置であル。この世界ニは現在、草薙護堂とアレクサンドリアのアイーシャ、二名ノ神殺しが存在すル。ならバ、盟約ノ大法による抹殺が最モ賢明であろウ」

「ズルワーン、あんたか！」

生きた蛇を両脇から生やした石仮面が空中に浮遊している――。

護堂の知るかぎり、そんな代物はズルワーンしかいない。そして思い出した。

「そういえば、ズルワーンは時間を司るだけじゃなくて、創造神で、しかも運命の神様でもあるんだよな……」

「然り。余ノ職掌には《絶対運命》ノ維持、管理モふくまれル」

独特すぎる発声でズルワーンは語る。

五年前に出会った運命神とはちがいすぎる形態だが、この両性具有だという神もまた『運命の担い手』なのだ！

事の深刻さを悟って、護堂はぼやいた。

「無茶苦茶だ。今度は勇者さまと運命神、いっぺんに相手するのかよ。ラーマのときより過酷じゃないか」

しかも、今の護堂は疲労困憊のうえに満身創痍。

ここまで『鳳』と『駱駝』を同時使用してきたが、その負荷から来る頭痛がそろそろ限界であった。頭がかち割れそうなほどに耐えがたい。

ついに『鳳』の使用を中断し、苦痛に強い『駱駝』だけを残しながら——

「仕方ない。もう……あきらめるか」

「なんじゃと!?」

「闘争ヲ投げ、敗北ヲ認めるカ。神殺しノ獣にそのようナ殊勝さがあるとハ。余、ズルワーンの知るかぎリ宇宙初ノ椿事。驚愕ニ値すル」

護堂のつぶやきを受けて——

ウルスラグナは愕然としていた。ズルワーンも一応、平板すぎる口ぶりながら『驚愕』を自己申告した。

対して、当の草薙護堂は獰猛に笑う。

「勘ちがいするなよ……。勝負は投げない。『勝つべくして勝つ』のをあきらめる。生きるか死ぬか、勝つか負けるか——出たとこ勝負の大ばくちで決めてやる。俺にもどうなるか全然読めないけど、つきあってもらうぞ」

体の奥底に眠る『第五の権能』、それを護堂は呼びおこした。

「使うぞ、《反運命》の力。俺たちの世界の運命神を倒したときにもらった——運命にあらがうための権能だ」

# 4

「砕け散れ、運命の門。自分の道は自分で切り拓く」

護堂は短い――あっけないほどに短い言霊を唱えた。

そんなものなのだ。自分たち神殺しにとって、運命に立ち向かうという行為は。あまりに当たり前すぎて、格式張ることもない。

自分たちは『神』と戦い、勝利することでこうなったのだから。

そして護堂の体から、波にも似た力が広がっていく。

それは世界と宇宙の在り方を変える波動。もろもろの事象をひきおこす因果の糸を消し去り、運命という壮大な織物の模様を〝無地〟に帰せしめる波。草薙護堂という存在を源にして、多元世界の隅々に到達するまで広がっていくのだ。

只人には見えまい。感じられまい。

しかし神々であれば、もちろんちがう。ウルスラグナが瞑目していた。

「我が宿敵よ。運命の軛を砕きにかかったか……」

絶えず電撃を発する体となってから、苛立ちを隠しもしなかった少年。

両目を見開くと、切れ長の瞳に覚悟の光が宿っていた。勇者の剣持つウルスラグナは手にした神刀、大地に突き刺した。

途端にウルスラグナの体が放電をやめる。ズルワーンが言った。

「どうしタ、軍神ヨ？」

「おぬしが使え、ズルワーン。草薙護堂は武器を大方失い、手負いの身。そんな男を剣で襲ったとあっては、我の沽券に関わる。救世の剣はおぬしこそが持つべきじゃ」

「…………」

「武においてはおぬしより我に一日の長あり。先達の厚意、受け取るがいい」

「……よかろウ」

救世の神刀がふわりと浮きあがり、ズルワーンのもとへ飛んだ。

腕など持たない石仮面。しかし、獅子をかたどった仮面の左右からは〝生きた蛇〟が生えている。左側の蛇が神刀の柄に巻きつき、手で持つように構える。

「雷霆ヨ、魔王殲滅の使命を果たセ」

空中でズルワーンがかざした神刀から、稲妻が撃ち出された。

それは神罰の一撃となって、地上の草薙護堂へ振りかかる。もはや神速の『鳳』もない護堂にかわす術はない――。

実のところ、頼みの綱は《反運命の権能》のみだった。

（何か起こるのか、何も起こらないのか、どっちだ――!?）

起きないときの方が多いのだ。護堂が期待を込めて使っても。

だが今回は運命神でもあるズルワーンが戦場にいる。そこがいつもとちがう。そして、天より落ちてきた救世の雷が護堂の頭に――

ひゅっ！　空気を切り裂く音であった。

どこからともなく飛来した何かが、護堂の頭上で雷をつらぬいていた。

救世の雷は——あっさり四散。細かな光の粒子となって、散り散りになり、そのまま消滅していった！

「…………救世ノ雷霆を打ち消シタ？」

ズルワーンがいぶかしみ、神刀を再度かざす。

また雷が降る。それを『ひゅっ！』と撃ち抜いたのは——黄色い矢であった。天翔ける雷電すらも捉える神速の矢。射手も矢も尋常ではない。さらに救世の雷は四散し、消滅してしまうのだから、ますます途方もない。

「ならバ！」

時の神にして運命神は立てつづけに雷霆を放つ。

その全てが黄色い矢に射ぬかれた。虚空の彼方より飛んできて、百発百中の精度で捉え、対消滅させてしまうのである。

一体、何者の援護なのか——護堂の脳裏に〝ある絵〟が浮かんだ。

……どことも知れない多元世界の片隅に、ゆたかな森と美しい泉がある。

……そのほとりに美丈夫がたたずんでいる。鋼の剛弓に涼しげな顔で黄色い矢をつがえ、天に放つ。矢は次元の狭間すらも超えて、盟友の頭上へとどく。

……救世の雷すら封じる矢。最強の勇者が秘蔵していた武具だろう。

……勇者は文字どおり、矢継ぎ早に射ていく。矢筒の矢を渡す役目は、ひざまずいた弟のものだ。顔かたちは美々しい兄とそっくりだが、弟の肌は褐色だった。

「反運命の力があいつに伝えてくれたか――」

大英雄ラーマと弟ラクシュマナが友の窮地を悟り、義俠心を見せてくれたのだ。

護堂はにやりと笑い、宿敵をにらみつけた。輝く一五歳の少年、軍神ウルスラグナがゆっくり近づいてくる。

「おまえとの勝負に、これで専念できそうだ」

「我もお節介な剣をあずけて、身軽になれたところじゃ」

「ああ。たしかに重い荷物を放り捨てたような顔だ。俺としては、このまま俺との勝負も忘れてくれたら助かるんだけどな」

冗談めかしたものの、護堂は割と本気だった。

が、ウルスラグナはふんと鼻で笑う。

「愚かな。ここまで来て、雌雄を決さぬなどありえぬ」

「そうか？　俺たち、かなり相性いい方だろ？」

護堂は重ねて言った。

「俺は友情優先でもかまわないぞ」

「それはそれ、これはこれじゃ。我とおぬしは順縁のみならず、強い逆縁でも結ばれた神と神殺し。そのふたりが出会い、戦わぬという選択はあるまいよ」

「でもおまえ、あの剣のこと、途中から嫌がってたよな？」

「当たり前じゃ。我は一箇の戦士として、己の才気のみで戦う——その覚悟がある。だというのに、いちいち救世の剣とズルワーンに指図されてはかなわぬ。やはり、我が身と我が権能は意のままに操らねば気が済まぬ」

「今は——それができるのか？」

「うむ」

あるいは、これも《反運命》の効力かもしれなかった。

だが、どうでもいいことでもあった。護堂は友の戦意を受けとめ、淡々と言った。

「そうか。じゃあ、仕方ないな」

話はまとまった。やはり、ここで休戦はありえないようだ。

数奇な縁の糸に導かれ、こうして再会した。

その果てにウルスラグナは——貫手を繰り出してくる。掌を開き、五指をのばして、まっすぐ突き込んできた！

それを護堂は『駱駝』の蹴りで払いのけた、つもりだった。

「ぐはっ!?」

「やはり手負いじゃな……。動きにもはや切れがない」

貫手でみぞおちを抉られ、護堂は悶絶していた。

ウルスラグナは悠然と笑い、さらに顔面への拳打、中段回し蹴り、掌底で真下からあごを撃ち抜く一打、心臓への肘打ち（ひじう）を流れるようにたたみかけてきた。

全てクリーンヒット。一切、護堂は防げなかった。

（さすがに厳しいな……）

ひたすら打たれながら、護堂は悟った。

技云々（うんぬん）ではなく、小柄なウルスラグナにパワーで凌駕（りょうが）されている。

神刀を手放したとはいえ、《盟約の大法（めいやくのだいほう）》が後押ししている。軍神の繰り出す連打は流麗でありながら、怒濤（どとう）のごとき勢いで止めようがない――。

体と足がふらつく。もう立っていることもむずかしい。

こんな有様では、やはりまともな攻防はできない。今の自分がウルスラグナと渡り合うにはどうすればいい――？

答えを見つけたとき、身重のエリカと子供のことが頭に浮かんだ。

躊躇（ちゅうちょ）。逡巡（しゅんじゅん）。《反運命の権能》以上の大ばくち。しかし、野性と闘争本能がすぐにその迷いを振り捨てさせた。

今の俺に防御はできなくとも――！

腹にめりこんだウルスラグナの左拳（こぶし）、その細い手首を右手でつかんだ。

「おおおおおっ！」

「なに、『雄牛（おうし）』の化身（けしん）じゃと⁉」

護堂の手を振りほどこうとするウルスラグナの腕力、すさまじかった。

きっと千頭の猛牛でさえ持ちあげたかもしれない。だから、こちらも『雄牛』の化身で対抗した。もう『駱駝』は必要ないと。

ウルスラグナの手を怪力で掴みながらも、護堂はめまいを覚えていた。

苦難に強い『駱駝』のタフネスが消え、限界が一気に近づいてきた。意識が遠くなる。だが大丈夫。あと三十秒我慢すればいい――。

護堂は吠えるように絶叫し、仕掛けていった。

「ぐ……あああああああっ！」

頭がぐずぐずに崩壊しそうなほど軋んでいる。

化身の二重使用による負荷にふたたび襲われていた。早く終わらせなくては。護堂は言霊を一息に唱えた。

「我がもとに来れ、勝利のために。不死の太陽よ、輝ける駿馬を遣わし給え！」

「おお！　今度は『白馬』を呼ぶか――!?」

「俺はもちろんだけど、おまえも標的になるからな。サルデーニャ島じゃさんざん暴れて、島の人たちを苦しめただろ!?」

「!?　我と共に焼け死ぬつもりじゃな、草薙護堂！」

「つきあってもらうぞ、ウルスラグナ！」

最後に選んだのは、因縁の『白馬』。

民衆を苦しめる大罪人にのみ放てる太陽の槍。かつてサルデーニャ島で東方の軍神を屠った武器でもある。神具《プロメテウス秘笈(ひきゅう)》で盗んだものだ。

護堂はすぐ目の前にいる友へ、ささやきかけた。

少年の姿のウルスラグナ、その華奢(きゃしゃ)な体ごと細い腕を引きよせながら。

「おまえとの勝負、俺の方はこれで——この決着で十分だ。おまえはどうだ？　俺と……どこまでやり合う？」

「………………」

どこでと問えば、どこでも。いつでと問えば、いつでも。

そう答えてきた少年。だが彼は『どこまで』には即答せず、ただ真摯(しんし)に、まっすぐ護堂の目を見つめるばかりであった。

——東の空から、焔(ほのお)のかたまりが降ってきた。

それはできたてのクレーターを全て呑み込むほどに巨大だった。直径十数キロもの大穴が一瞬にして、灼熱(しゃくねつ)の火焔(かえん)で満たされた。

しかも焔は勢いを弱めず、空へ、直上方向へ燃えひろがる。

そのまま雲までとどく火柱となり、天を焦(こ)がしていく。

壮大すぎる火葬の焔。カンピオーネの肉体が持つ生命力も、強靱(きょうじん)すぎる呪法への抵抗力も、これにはかなわない。

為(な)す術(すべ)なく灼(や)かれ、消し炭になりながら、護堂はたしかに見た。

ウルスラグナはおだやかな表情でこくりとうなずき、あのなつかしいサルデーニャ島で初めて会ったときと同じ顔つきになっていた。

どこへ往くのも風まかせという体の、大物然とした少年の顔に――。

5

「終わったカ……」

ズルワーンは空の高みより見とどけた。

ウルスラグナの『白馬』による爆炎がついに燃えつきたのを。そのなかで軍神と神殺しはそろって焼滅していった。

火葬場となった巨大なクレーター、もともと全てがふきとんだ跡地である。

すさまじい燃焼が終わったあと、残ったものは熱気のみ。まあ、大地の表面はいまだ高熱を帯びているが、それも直に収まるだろう。大火を起こした『白馬』はとっくに地上から去り、その影響力は一秒ごとにうすれていくのだから――。

地表の熱もだいぶ落ちついた頃、ズルワーンは降下していった。

消し炭になった亡骸を確認するためである。

「……いたカ」

草薙護堂。反運命の権能を身につけた神殺し。

思わぬ大敵であった。自ら焼死を選んだとはいえ、彼はまだ脅威のままだ。時の超越者たるズルワーンにはわかるのだ。

「やはリ、ナ……」

自ら呼んだ焔で、消し炭になったはずの草薙護堂。

しかし今、その肉体は火傷ひとつない姿で大地に横たわり、こんこんと眠っている。これも彼の能力なのだ。

ウルスラグナ第八の化身『雄羊』に由来する再生力――。

「草薙護堂ハたとえ死ノ淵に落ちてモ甦リ、再起できル。やはリ、こうなったカ。なんと度しがたキ存在であろうカ……」

ズルワーンの仮面、その右側に生えた蛇――。

まだ救世の神刀を巻きつけていた。神刀の柄に蛇の頭と胴が絡みついて、人間の手が持つように構えているのだ。

輝く神刀を、ズルワーンは振りおろす。

その刃の向かう先では、草薙護堂が安らかに眠っていたのだが。

救世の神刀がはじきとばされた。横から割り込んできた黄金の剣によって。その使い手は二太刀目を繰り出して――

「なぜダ、ウルスラグナ？」

ズルワーンはうめいた。

獅子の石仮面、その眉間を黄金の切っ先が貫いている。

そこからひび割れが網の目のように広がり、ズルワーンの肉体——獅子を模した石仮面はボロボロ崩壊していった。

両目に当たる空洞が攻撃者をむなしく見つめる。

黄金の剣を振るったウルスラグナは、飄々と肩をすくめていた。

「何故と問うか。むずかしいことを訊く」

「汝にハ……余ヲ殺める動機ガ、なイ……」

「強いて言うなら、邪魔だからじゃな。懸案だった再戦もひとまず終わり、最後の王ミスラへの義理立てもある程度は済ませた。ここからは我の好きにしても罰は当たるまい？　罰を当てそうなおぬしを——先に始末しておけば」

「な……汝モ度しがたイ……」

そう言いのこして、ズルワーンは完全に崩壊した。

ばらばらとなった破片は風に吹かれて、塵となって霧散していく。

ウルスラグナは敗者の末路には目もくれず、代わりに眠る草薙護堂を一瞥して、「ふん」とつぶやいた。

「まったくおめでたい男よ。我の復活が間に合わず、またズルワーンの邪魔をする気にならなければ、一巻の終わりであったはずなのに……」

そして、わずかに和やかなまなざしとなり、こうも告げる。

「そもそも、我がおぬしの寝首をかかないという保証、どこにもないじゃろうに！」

「あの……ウルスラグナさま？」

「そういえば、草薙護堂にはおぬしたちも付いておったな。ならば窮地をしのげたかもしれぬ。無論、只人の身で神に抗うのは困難であったろうが」

いつのまにか三人の乙女がやってきていた。

おずおずと声をかけたのは万里谷祐理。清秋院恵那とリリアナ・クラニチャールも神妙な顔で軍神を見つめている。

「我がいかにして甦ったか、などとは訊くなよ。我こそが『十の化身』本来の使い手。死して甦る『雄羊』の命もウルスラグナは持ち合わせておる」

「ぞ、存じております」

「それよりも……王様に助太刀してくれたのは、やっぱり友達だから？」

恐縮する祐理に代わって、恵那がずばりと訊ねた。

ウルスラグナは例のアルカイック・スマイルを浮かべて、

「どうであろう？　そうかもしれぬし、あの《反運命》とやらにたぶらかされたあげくの錯乱かもしれぬ。おぬしらが知る必要はないことよ」

気ままな口ぶりで、軽妙にはぐらかした。

そして草薙護堂とその一党に背を向け、軽い足取りで去っていく。前だけ見つめ、うしろは一顧だにしない。

旅立つつもりなのだ。気づいたリリアナが呼びかけた。

「お待ちを！　草薙護堂に何かお伝えすることは……!?」

「ない。奇しき縁の糸が導けば、いずれ必ず相まみえる。導かなければ、そこまで。われらの順縁と逆縁にまかせればよい。……ああ、だが待てよ」

歩みは止めず、振りかえりもせず。

しかし、ウルスラグナは眠れる草薙護堂に向けて、こう告げた。

「いずれ決断の時が来るじゃろう。先日、我は言った。『父母に恥じぬほど強くあれ』と。それはおぬしも同じこと。『何が最善か、見きわめる強さを持て』。かりそめの友として贈る言葉じゃ！」

東方の軍神との死闘、かくして終幕を迎えたのである。

# 終章　神域の別れ

1

ウルスラグナおよびズルワーンとの戦いから、およそ一年が過ぎた。

結社カンピオーネスの総帥（そうすい）、チェーザレ・ブランデッリ。

すなわち草薙護堂（くさなぎごどう）は転居していた。いまだ『最後の王ミスラの世界』にとどまってはいたものの、南仏のマルセイユからバレンシアの街に移ったのだ。

市の中心部に新居を構え、にぎやかに暮らしていた。

つつがなく赤ん坊が誕生したからである。

しかも、ふたりも。双子なのだ。赤ん坊のいる家特有の騒がしさも当然二倍であった。

「レオはいつもごきげんだよねえ。誰にでもにこにこして」

「モニカちゃんはどんなときでも落ちついてて、ちょっと赤ん坊ばなれしたところがありますよ。将来、ものすごい豪傑（ごうけつ）になるのかもしれません」

「レオもみんなから慕われる人気者、アイドルみたいになるかもよ〜」

　ゆりかごがふたつ、まどろむ赤ん坊もふたり。

　それぞれを祐理と恵那がのぞき込み、目尻をさげていた。

　最近、チェーザレ邸の広間では毎日のようにこんな一幕が繰りかえされている。実の父と母より、むしろ媛巫女たちの方が双子の赤ん坊を溺愛し、何くれと世話を焼いてくれる。さながら孫を迎えた祖父母であった。

　赤ん坊には比較的冷静なリリアナが、ぼそりとつぶやいた。

「どちらかと言えば、モニカの方がエリカ似か……」

「どうかしら？　社交性に富む、という見方をするなら、むしろレオナルドの方がわたしに似てそうだわ。強いて言うなら、ね。モニカはそう──愛想のない子よね」

　実母ながら、エリカはばっさりと言った。

　この家には母親代わりとなる女性が三人もいるからか、エリカが親身に構わなくとも赤ん坊ふたりはさびしさを感じないようだった。

　だからなのか、もとの性格ゆえか、エリカがいちばんさばさばと双子に接する。

　今もにこにこと赤ん坊を愛おしそうに見つめる媛巫女たち──明らかに甘やかす傾向がある女子二名へ、さらりと声をかける。

「ま、カンピオーネの血族だからといって、傑物に育つ保証がないことは、歴史の証明するところだわ。この子たちの将来に過度の期待を抱くべきじゃないと思うわよ？　恵那さんも、祐理も、すこし冷静になりなさい」

「えーっ。しようよ、英才教育ぅ」

「英才とまではいかなくても、ふたりの教育のためによい環境をととのえてあげましょう、エリカさん！　護堂さんもそう思いませんか!?」

淑やかな祐理が珍しく熱くなっている。護堂は苦笑いして、答えた。

「他人さまにしょっちゅう迷惑をかけるやつらにならなければ、俺はそれで十分だな」

「つまり、父親に似てほしくないと思っているのね、護堂は」

エリカが朗らかに笑った。

真紅のドレスを着ている。肩から胸元にかけて大きく開いたデザイン。袖は短く、ウェストはきゅっと細く、スカートはふわりとしている。ついに出産を終えて、華やかに着飾れるようになったのだ。母親らしい実用的な格好にならないのがいかにもエリカらしい。

華やかなライバルの横で、男装のリリアナがコメントする。

「ひとまず容姿の方はふたりともエリカ似ですね。もちろん成長するにつれて、いろいろと変わってくるでしょうが」

兄がレオナルド・ブランデッリ、妹はモニカ・ブランデッリ。

男女の双子、二卵性双生児である。二卵性なのであまり似ていないが、どちらも金髪であった。まあ、成長につれて髪の色が変化することもよくある話だが――。

リリアナはつづけて言った。

「これは魔女としての勘ですが、ふたりとも魔術の才はあると感じます。いくつかの呪具、魔導書にふれさせたところ、おびえるでも泣き出すでもなく、平然とおもちゃ代わりにいじっていましたから」

「そういうチェックの仕方があるのか？」

「はい。赤ん坊は感覚が鋭敏なので、魔道の眷属やその領域に近づくと、素養のない者は激しい拒否反応を見せるのです」

なんだかんだ言って、リリアナも双子をよく気に懸けている。

もともと面倒見のいい彼女、赤ん坊が泣くたびに甲斐甲斐しく世話してくれていた。おかげで手のかかる時期なのに、ずいぶん楽をさせてもらっている。

——とにかく、護堂は双子の父となった。

ふたりそろって泣き出すと、とんでもなく騒々しい。

護堂自身も赤ん坊をあれこれ世話することにすっかり慣れた。そんな生活が数カ月もつづいている。しかも神々との戦いはまったく起きていない。

草薙護堂には、むしろおだやかな日々であった。

「こっち——『最後の王ミスラの世界』はもう大丈夫そうだから、そろそろ元の世界に帰らないとなあ。よその多元世界がどうなってるかも気になるし」

ぼそりと護堂が言えば、リリアナもうなずく。

「例の空間歪曲現象も、今後どうなるか不透明ですしね」

「レオとモニカもそろそろはいはいとかはじめる頃だもんね。やっぱり、物心つく前にあっちへもどりたいよ。ねえ祐理？」

「はい。でも、実は私――〝例の問題〟ですこし気になることが……」

恵那に振られて、祐理が言いにくそうに訴えた。

例の問題。このメンバーには周知の案件。これが未解決なままなので、元の世界になかなか帰還できないでいるのだ。

「聖杯とアイーシャ夫人よね。みんな、これから様子を見にいってみない？」

仕切り役らしく、エリカが呼びかけた。


バレンシア市の中心部には大聖堂がある。

その鐘楼は『ミゲレテの塔』の愛称で呼ばれ、五〇メートルもの高さを誇る。大聖堂と合わせて、街のシンボルであった。

……その地下に、秘密の隠し部屋がある。

護堂がチェーザレ・ブランデッリとして、結社カンピオーネスの魔術師たちと大聖堂の関係者に極秘で造らせたものだ。

そこに安置したのは、あのピンク色の岩塊と――

「聖杯とアイーシャさん、あいかわらずだな」

ベッドの上で布団につつまれて、アイーシャ夫人が熟睡していた。

その隣に置かれた岩塊は《バレンシアの聖杯》。災厄の獣を産みおとした生命の根源にして、膨大な呪力の貯蔵庫である。

　護堂と仲間たちは大聖堂地下を訪ねていた。

　双子の兄妹――レオナルドは護堂が、モニカは母のエリカが抱いていた。

　兄の方は機嫌よく眠っているので静かなものだ。対してモニカは母親の胸に抱かれながら、きょろきょろと地下室を眺めている。

　ここがどこで、何の施設か、わかるはずもないのに。

　そんな愛娘を抱きながら、エリカが憂鬱そうにため息をついた。

「結局、聖杯内部から引きずり出しても、アイーシャ夫人と聖杯の〝同調〟は解けないままなのね……」

「この数カ月、わたしたちが何をしても覚醒されなかったからな……」

　リリアナもつぶやく。恵那も困り顔で言った。

「ま、それだけなら『いい人だけど厄介きわまりない人でもあるから、ずっと眠ったままならラッキーかも♪』って思えるんだけどねえ……」

「聖杯がいつまたアイーシャ夫人を取りこむかもわからない。楽観は禁物だぞ」

　きまじめな騎士らしい、リリアナの忠告。

　ちなみに、眠れるアイーシャ夫人は排泄もせず、栄養の摂取も必要ないようで、睡眠というよりも一種の仮死状態であるらしい。

「アイーシャ夫人ほどの御方が、こうも抑えこまれてしまわれるなんて……」

心配そうな祐理のつぶやき。しかし、恵那は同意しなかった。

「どうかな？　ずっと長旅つづきの暮らしだったから、このチャンスに寝だめしてるって線もありうるよ。魔王内戦では権能を暴走させて、カンピオーネを六人も次元の彼方へふきとばしたわけだし」

「たしかに本人は感じてなくとも、疲労がたまっていた可能性は高いかもな」

リリアナもうなずいている。

そんな神殺しの貴婦人を見おろしつつ、エリカが訴えた。

「とにかく《聖杯》の破壊を試みるべきだわ。その方法をもう何カ月も模索していたわけですし。でも、祐理は反対なのよね？」

「《聖杯》の破壊はこの一帯に大きな災厄をもたらすように感じます」

真摯な面持ちで、祐理が警告する。

「前の戦いの頃から、聖杯は当地バレンシアの地脈と深く結びつき、その霊気を吸いあげることで〝災厄の獣〟を誕生させていたようになんとなく――」

「祐理は感じるのね。なら、正解に決まっているわ」

エリカが肩をすくめた。

ウルスラグナとの戦いで、巨大なクレーターが大地に穿たれた。

そのときに聖杯も消し飛んだと思われた。だが、のちの現場調査で土と砂をかぶっていたピンク色の岩塊が発見された。

とんでもないことに、聖杯はまったくの無傷であった。

もしかしたら、祐理の言う『地脈との結びつき』に守られたのかもしれない。

護堂はまとめるように発言した。

「じゃあ、リリアナに頼んでいた計画Bに変更だな。もう準備できたんだろう？」

「はい。バレンシア市の郊外にある館をひとつ購入して、厳重な結界魔術を何重にも施しました。そのなかにアイーシャ夫人を隠せば――」

「聖杯との同調も弱まるかも、なんだよな？」

「低くない確率で期待できます。今夜にでも夫人の移送を行いましょう」

実は一度、アイーシャ夫人を遠方に移す計画を試みた。

それこそ『元の世界』に強制送還して、無理矢理に聖杯とのつながりを断ってしまおうかという雑なプランである。

しかし実行寸前、聖杯が異様な霊気の昂ぶりを起こした。

さらにバレンシア地方のほぼ全域を地震が襲い――計画は中止となった。

被害は家々の煉瓦が崩れる程度だったのだが、あのまま計画をつづけていたら、どれほどの地震になったか。想像したくない。

護堂の腕のなかで、レオナルドが目覚めた。

いつも愛想のいい男児は、父に無邪気な笑みを向けてくる。

それにうなずきかえしながら、護堂は言った。

「ま、同じバレンシア市のなかで動かす程度なら、妙なことは起きないって前に確認してあるからな。ひとつ実験してみようぜ」


しかし──。

事態は思いもかけない展開を迎えるのである。

## 2

軍神ランスロットの主は、ついに父となった。

その邸宅はいまや赤子の泣き声と笑い声にあふれて、いつもけたたましい。ランスロット・デュ・ラックはそれを微笑ましく見守っていた。

魔女たちの女王──身も心も少女であった神祖グィネヴィア。

あの娘を『愛し子』と呼び、守護していた頃から、子供は決して嫌いではなかった。

主・草薙護堂の号令がなければ、槍の騎士が実体を得ることはない。だが、ふだんは霊体として地上に出て、気ままにうろつくこともできる。

その特権を最近はよく行使していた。

魔王の御子ふたりを見守り、安全を確保するためであった。

ランスロットは双子の守護騎士たらんと、ひそかに目を光らせていたのだ。そして今宵、彼女の心がけが〝最悪の事態〟を未然に防ぐことになる。

深夜のチェーザレ邸――。

双子と母親のエリカが眠る寝室の前を通りがかったとき、ランスロットはごく微細な空気の乱れを感じた。

霊体なのでドアを通り抜けられる。すかさず寝室に侵入した。

そして、彼女はすぐさま念を送ったのだ。

「我が主よ、余に力を授けよ！　あなたの御子を救うために！」

ランスロットは王からの返事を待たず、屋敷の外へ飛び出していった。

寝室のベッドで眠るのは后のエリカ・ブランデッリのみ。双子はいなかった。だが狩りの名手でもある騎士ランスロット、誘拐者の霊気をたどり、追跡をはじめた。

白騎士からの要請を受けたとき、護堂はたまたま夜の街に出ていた。

すぐに大聖堂へと急ぎ、地下に駆けつけて――どうにか無事だった双子およびランスロットと対面したのである。

「おまえのおかげで助かった、ランスロット」

「この程度、騎士として当然の行い。だが主よ、少々めんどうなことになったぞ」

「みたいだな……」

実体化したランスロットの足下に、双子はいた。

絹の肌着を身につけたレオナルドとモニカ。ふたりは腰をぺたんと下ろして、石の床にすわりこんでいた。まっすぐ背筋をのばして。

ふたりはそろそろ『はいはい』をはじめるか、という赤ん坊である。

こんなに姿勢よくすわれるはずがない。両手で上体を支えながら、どうにか身を起こす。それがせいぜいのはずだ。

だが何より、双子はじっと父を見つめていた。

たしかな意志と――知性すら感じさせるまなざしであった。

双子の背後には、ピンク色の岩塊（がんかい）が鎮座（ちんざ）している。護堂にはなぜか〝横たわる雌牛（めうし）〟にも見える代物（しろもの）、《バレンシアの聖杯》だった。

岩塊と双子の間で、武装したランスロットが仁王立ちしている。

両者の接近をなんとしてでも阻（はば）む。そういう決意をみなぎらせていた。

「赤子をさらった地霊の気配を追って、余はここにやってきた。御子たちは自（みずか）らの手で《聖杯》につかまりながら立っており――今にも取りこまれようとしていた」

「アイーシャさんのようにか……」

「うむ。あわてて双子を《聖杯》から引き離したのだが。……このとおりだ」

白騎士が言葉を切った途端だった。

レオナルドとモニカはおもむろに口を開き、言葉を発する。

『――よく来た、神殺し。選ばれし子らの父よ』

双子は完璧なるユニゾンで同じ内容を語った。

しかも、大人の女性の声で。声が空気を揺らしている間、《聖杯》のなかで白い光が明滅していた。声が途絶えると光も消える。

まちがいない。双子は《聖杯》の意志を代弁させられている！

『――そこの騎士に邪魔されたことは口惜しいが、仕方あるまい』

『――こうなれば、貴殿におねがいしよう』

『――この双子を妾にあずけておくれ。悪いようにはせぬ』

赤ん坊ふたりの唇が紡ぎ出した内容に、護堂はいらだった。

「あずけろ？　ずいぶんふざけた言いぐさだな。アイーシャさんのように、おまえのなかに閉じ込めるつもりなんだろう？」

あしざまに問い詰める。だが双子は冷静そのものの声で答えた。

『――いいや。それはもうあきらめた』

『――そもそも神殺しでもない赤子を取りこんだところで、たいした益もない』

『――だが、この子らには天与の稟質がある。妾の祭司たるにふさわしい才気を兄も、妹までもが持ち合わせておるのだ』

『――大地の母である妾は、位にふさわしい権威を持って然るべき。そう思わぬか？』

『――選ばれし双子であれば、それを確立できると確信しておる』

『──無論、妾の祭司には相応の見返りをあたえよう。左様(さよう)……双子は地母神(じぼしん)の力を意のままに御(ぎょ)せるようになり、人界において至高の力をそなえる身となるだろう。ああ、もちろん神殺しどもをのぞけば、だが』

女神の骸(むくろ)《聖杯》からの一方的な提案。護堂はあきれた。

「うちの子供を英才教育して、自分に仕(つか)える神官さまにするってことかよ」

『──だが、誰かが務めねばならない役割なのだ。それも、ふさわしい才を持つ者が。そうならなければ……』

レオナルドとモニカは女神の声で冷ややかに言った。

『──凶事が起きようぞ』

双子の誘拐から一週間が過ぎた。

その間、チェーザレ邸では夜も交代で見張りにつき、レオナルドとモニカを警護した。ふたたび誘拐者が侵入してくることは結局なかったが……。

代わりに、『凶事』の正体が明らかになった。

「また地震だよお……」

チェーザレ邸の食堂で、恵那(えな)が不安そうに天井を見あげた。

シャンデリアがぐらぐら激しく揺れている。もちろん床もだ。食器棚のなかで陶製の皿や器がガチャガチャ鳴って、ひどく不安にさせられた。

どうにか食器棚が倒れなかったところで、地震もついに収まった。

「最近は一日に三、四回、必ず起きますね……。ゆゆしき事態です。しかも、回を重ねることに揺れが強くなっている」

　リリアナがため息と共に言う。

「この一週間、結社カンピオーネスの魔女たちと協力して、バレンシア近郊の大地を調べてみました。《聖杯》と地脈の結びつきはもうまちがいないでしょう。そして、いちばん厄介な問題は――魂が覚醒したことなのです」

「魂って、あれか？　あの《聖杯》の魂？」

　護堂に確認されて、リリアナは「はい」と肯定した。

「魔女としての霊感で視えたままを申しますと、原因はおそらくアイーシャ夫人です。夫人はあれでもカンピオーネ、誰より荒ぶる魂を内に秘めておられます。それに感化――いえ、引きずられる形で死せる地母神の荒御霊が覚醒したのではないかと……」

「そして地脈が荒ぶるから、地震も頻発する、か」

　護堂は天を仰いだ。

　全てをアイーシャ夫人のせいにするのは、フェアとは言えないだろう。しかし、責任の七割方は彼女に求めてもいいような――。

「張本人は郊外の館ですやすや『眠り姫』やってるだけだもんな。うらやましいよ」

「たぶんさ。アイーシャさんとのつながりがうすれたのも、《聖杯》が祭司を探しはじめた理由のひとつだよ」

神と人の関わりについて、誰より精通しているのが清秋院恵那。

太刀の媛巫女はおごそかに語った。

「そこで目を付けたのがレオとモニカ。恵那や王様たちといっしょに、何度か《聖杯》のそばにも行ってたしね。でも、一歳にもなってないのにああも天地の御霊を宿せるなんて、すごい子たちだよ。大きくなったら、恵那と同じになれるかも」

椅子にすわる恵那は、膝の上にレオナルドを乗せていた。

人見知りをしない子ではあるが、女性に抱かれていると特に機嫌がよくなる。今もにこにこ愛想よく笑っていた。

そんな男児の後頭部を愛おしげに見守りながら、恵那は言う。

「神様の御霊を我が身にお迎えする神がかりの技――。いずれきちんと教えてあげたいな。いっしょに山ごもりとかして……」

「あの、護堂さん」

モニカを抱っこしながら、祐理が言い出した。

たおやかな媛巫女の思いつめた表情、護堂の娘は怪訝そうに見あげていた。

「ご報告があります。かねてより調査していた私たちの――『最後の王がラーマさまであった世界』へもどる方法、たぶんわかったと思うんです」

「本当か、祐理!? すごいな!」

元の世界にもどらず、一年半もこのバレンシアに居つづけた理由。

もちろん《聖杯》がらみの顚末がどうなるか、それも心配だった。だが、全員そろって帰還できる方法が不明だった点も大きい。何しろ『最後の王がミスラであった世界の一九世紀』には、時の神ズルワーンの権能でやってきたのだから。

おそらく、護堂だけなら何とでもなる。

しかし今回は仲間の女子たちに、双子がいる。

然るべき帰路を見出す役目、実は万里谷祐理が一手に引き受けていた。手がかりのありそうな方位を霊視力で感じとり、幽体になってそちらへ赴くというやり方で――。

だが朗報のはずなのに、祐理は言いづらそうに報告する。

「幽世を経由して、あの《無限時間の神殿》を訪れるルートがわかりました。それであちらにお邪魔したら――見つけたんです。私たちの世界につながる空間歪曲を……」

「ああ。御茶ノ水につながったやつか！」

護堂は思い出した。

「これでいつでも帰れるわけだ。ありがとうな、祐理」

「でも……私、気になることがいくつかあります」

チェーザレ邸の深夜――。護堂はエリカの寝室にいた。

ふたりともゆりかごのそばにいた。眠る双子、レオナルドとモニカを見守りながら、ずっと起きていたのだ。

　護堂はぼそりと言った。

「こいつら、あの《聖杯》から言霊をあずかれるくらい同調しているんだよな」

「ええ。そんな状態のレオとモニカを《聖杯》から引き離したら……ふたりの心と体に何かよからぬ影響が出るかもしれない。ほかの人間――リリィあたりに言われたら、わたしは『考えすぎだわ』って一蹴するでしょうね、たぶん」

　エリカは愛おしげにモニカの頰、レオの額をさわった。

「だけど、今回の予言者はリリィでも、トロイア伝説のカサンドラでもない。わたしたちが誰より信頼する万里谷祐理の託宣よ」

「あまり試したい実験じゃないな……」

　護堂の声は、自分でも驚くほど力なかった。

「いっそ、こっちにみんなで永住するか？」

「どうかしら？　祐理がもうひとつ警告していたでしょう、歴史の修正力――」

「…………」

　以前、古代ガリアでその存在を実感した。

　すでに確定している歴史を改変してしまうイレギュラーがまぎれこんだとき、その改変をなかったことにする。それが歴史の修正力だった。

　ここは最後の王ミスラの世界での一九世紀なかば。

修正力の存在を特に実感したことはなかったのだが……。

「ここ最近の『地震』や『世界史を揺るがしかねない異変の数々』が――修正力の産物だという発想、たしかになかったわね」

「祐理に言われるまではな……」

「でも考えてみれば、わたしたちはとびきりのイレギュラーだわ。未来から……それも並行世界の未来から来たまれびとなのだし。相当にいびつでねじくれた状況よね。まあ、護堂がいなければ、それほど大事にはならないのかもしれないけど――」

「…………」

草薙護堂は神殺し。破格の存在。

アイーシャ夫人のように、仮死状態でもない。

ほかの仲間たちのように、力はあれども結局はただの人間――というわけでもない。

もし自分にその気があれば、もちろん修正力の影響を気にもとめず、この時代にとどまりつづけることはできそうに思える。だが、それが周囲と世界にあたえる影響、計り知れないほどになりそうで……否(いな)。実際、なりつつある――。

「結局、答えは決まってるんだよな」

護堂はひとりごちた。

双子の眠るゆりかごの前にいて、我が子たちを見おろしている。

……我ながら危険の多い人生を送っている。死にかけた経験、殺されかけた経験はもう数え切れない。しかし今、それらのいかなる危機でも感じたことのない恐怖が草薙護堂の心と体をわしづかみしていた。

足下が崩れ去りそうにさえ感じる。

自分は今、この子たちを失おうとしているのだ――。

「そういえば、ウルスラグナがいろいろ言ってたな」

「今にして思えば、こうなる兆しがすこし視えていたのかもしれないわね」

はっきり警告はされなかったが、ウルスラグナはたしかに言った。

いずれ数奇な運命に呑みこまれるはずの子ら。物心つく頃には、父母のどちらもいなくなるだろう。何が最善か、見きわめる強さを持て――。

「俺は決めたよ」

「わたしにも考えがあるわ」

護堂とエリカはうなずき合った。

## 3

それから一カ月。大急ぎで準備が進められた。

結社カンピオーネスの指導陣に双子と《聖杯》を託し、その保護と養育をたのむ。

チェーザレ・ブランデッリ総帥こと草薙護堂の〝旅立ちと退位〟はひとまず三年隠し、公表ののちに二代目を迎えよとも指示した。

次期総帥にして、結社を守護する役目は彼女にまかせた。

「頼むぞ、ランスロット」

「うむ。できるかぎりのことをしよう」

大聖堂の地下。《聖杯》を安置した聖域に護堂たちはいた。

いずれ結社の長となるランスロットも最後の別れをするため、実体化していた。

自分が立ちあげた結社と双子を最大限に守護するため、護堂は最も信頼の置ける騎士を残すことにしたのだ。

せめて我が子を、自身の権能のひとつで守ってやりたいと――。

「《聖杯》とのつながりはどうだ？」

「まことに良好だ。そばにいれば、余の好きなように力を引き出せる」

護堂に問われて、ランスロット・デュ・ラックはほくそ笑んだ。

双子を残す代わりにと、護堂たちは《聖杯》に要求した。おまえのかけらをよこせと。ピンクの岩塊から削り出した石片は、ランスロットが呑みこんだ。

……《聖杯》とリンクするバレンシア一帯の地脈。

そこから呪力を引き出すための霊的な結合であり契約だった。

今まで槍の騎士が草薙護堂から得ていた呪力。その源を《聖杯》と地脈に求めたのだ。これで護堂が去ったあとも、ランスロットはひとりで活動できる。

「あまり無駄遣いするなよ。地脈ってやつがそうそう干上がることはないらしいけど、使いすぎていいものじゃないはずだからな」

「心しておこう。まかせろ、我が王よ」

ややこしい説明が必要なので《ランスロット・デュ・ラック》の名、結社カンピオーネスの幹部らには伏せてある。

すると、いつのまにか《白き女王》の呼び名が広まっていた。

彼らはランスロットを、ブランデッリ家の祖先が守護霊として帰ってきた存在だと認識しているようだった。

ランスロットあらため《白き女王》は言った。

「双子が長じたのちは、より将器のすぐれた方に総帥の座をゆずろう」

「どっちも向いてないかもだから、そこは気にしなくていいぞ」

「いや。そうすることで、ブランデッリの血脈こそが結社カンピオーネスの王族だと皆も見なすようになる。それもまた双子と、その係累を守る楯となる。余はブランデッリの一族を子々孫々まで守護するつもりだ」

「レオとモニカの子孫、か……」

護堂はちらりと双子の方を見やった。

レオナルドは恵那が、モニカは祐理が抱いてくれている。兄の方はにこにこ笑い、妹の方はぶすっとしていた。

その双子が——ひかえていた結社カンピオーネスの幹部に手渡される。

「……元気で暮らすんだよ」

「と、遠くに行っても、あなたたちのことは絶対に忘れませんからね！」

恵那はわずかに涙ぐんでいた。祐理にいたってはようやく号泣が収まったばかり、嗚咽で喉を詰まらせていた。

一方、リリアナは鞘に入れた長剣を捧げ持っている。

「いいのか、エリカ？」

「ええ。せめてわたしもこれくらい、ね」

「よし——。では、これもあずかってくれ。ブランデッリ家の宝となる獅子の剣《クオレ・ディ・レオーネ》だ」

エリカが錬鉄の魔術によって、細身の剣に変えていた。

獅子の魂を意味する《Cuore di Leone》は本来の形、幅広の片手剣へともどり、革の鞘に収まっている。それをリリアナが幹部のひとりに手渡した。

エリカはいつもの——女王の優雅さで見守っている。

ここ一カ月、双子の母である彼女は旅立ちにそなえ、いそがしくしていた。

結社カンピオーネスの幹部らと何度も面談し、今後の組織運営について指示、さらに〝あるもの〟の準備など。双子の世話も、ほとんど人まかせであった。

その間、常に毅然として、華麗そのものだった。

……出発前日の昨夜、護堂の胸のなかで号泣したときをのぞけば――。

「出産前に暇つぶしも兼ねて執筆をはじめたこれを、こんな形で遺していくなんて。人生って、本当に先がわからないものだと改めて実感したわ」

つぶやくエリカはぶあつい書物を抱いていた。

黒革の装丁である。表紙には真紅の薔薇が描かれている。が、何より特筆すべきはその書がなみなみならぬ妖気をまとっている点だろう。

この一カ月、エリカが空き時間のほとんどを費やした書物である。

「わたしが初めて書いた――そして最高傑作になるはずの魔導書。子供たちがこれにふさわしい段階に達したとき、渡してもらえる？」

「承知した」

エリカから魔導書を託されて、ランスロットは快諾した。

……出立前のあれこれは全て終わった。あとは時間をかけるだけ別れがたくなる。護堂はリーダーとして告げた。

「はじめてくれ、リリアナ」

「御意」

準備期間中、常にリリアナは冷静で、黒衣に徹していた。

つらい選択を強いられた護堂とエリカ、そして双子の未来のために、あえて感情を表に出さず、もろもろの問題をかたづけてくれていたのだ。

リリアナが魔女術の秘儀で、アストラル界＝幽世(かくりよ)への門を開く。

そこからは祐理の案内で《無限時間の神殿》へ赴(おもむ)き、もとの——最後の王が英雄ラーマであった世界へ帰還する。

長い、本当に長かった遠征の終わりであった。

草薙護堂の血を継いだ双子は、結社の仲間ではあるが赤の他人に抱かれている。レオナルドとモニカ。ふたりに向かって、護堂は叫んだ。

「じゃあな、おまえたち！　必ず俺のところまで来るんだぞ！」

## 4

「では、お兄さまはついに見つけられたのですか？」

寝物語の相手はひかりだった。

小学生だった頃から知る万里谷家(まりやけ)の次女も、ついに今年、二〇歳(はたち)である。まあ、そうなる何年も前から、こうして何度も肌を重ねているのだが——。

護堂(ごどう)の腕をまくらにして、ひかりがすぐそばで寝ている。

すこし前まで切なげに全身を震わせ、ついに声を抑えきれなくなった媛巫女(ひめみこ)は毛布以外の何も身につけていなかった。

「ああ。最後の王ミスラの世界へ行く方法、ようやく見つけ出したよ」

「ど、どうでした、あちらは!?　お兄さまのお子さまは——!?」

「いやあ。俺がたどり着いたのは、あくまで『最後の王ミスラの世界の二一世紀』。あいつらに会えるわけじゃないんだ」

　護堂は苦笑した。

　時間が経ったおかげだろう。双子の話をしてもそれほど心がざわつかない。

　まあ、ときどき体の一部をむしり取られるような喪失感に駆られて、どこかへ走り出したくなる程度のことはある。また、もともと子供は好きな方だったが、幼児を見かけると特にやさしくしてしまうことも……。

　それでも最近、心安まる発見があった。

「ただ、な。向こうのバレンシアに行ってみたら、まだ俺の創った結社カンピオーネスが存続していたんだ。昔ほどの規模じゃないけど、そこそこ元気のある組織らしい」

「そ、それでお兄さま、あの——」

「ブランデッリ家もしっかり残ってた。正体を隠して、次の総帥だっていう子供にも接触してみたよ。いやジュリオって名前の、えらく頭のいい男の子でな。本当に俺の子孫なのか、不安になったくらいだ」

「お、おめでとうございます!」

「ランスロットには会えずじまいだったけど。大聖堂とミゲレテの塔に隠した《聖杯》——あいつの暴走を抑えて、力を引き出す魔術の仕掛け。ずいぶん進化しているようだった。もしかしたら、レオかモニカが工夫したのかもな。エリカの本で勉強して……」

「あ……お兄さま」

「悪い。うれしくなったら、またその気になっちまった」

護堂に唇をふさがれて、ひかりが驚いていた。

しかし、姉の祐理に似て、美しく均整の取れた肢体に育った媛巫女は、すぐにしがみついてきて、向こうからもキスしてくれた。

「私もうれしいです。どうぞいらしてください……」

「ああ」


歳月が経ち、いくつかの変化を護堂は受け入れていた。

なかでも最大の変化は本拠地である。多元世界を渡りあるく旅人、次元移動者にはふさわしい立地の物件が必要なのだ。

「なかなか趣のある住まいを構えましたね、護堂」

「よく来たな、姐さん。鷹化」

「ご無沙汰しておりました、叔父上」

「ひかりもいるから、あとで話をしていけよ。おまえのこと、心配してたぞ」

「げっ。あの女もここに？　あいつ、妙に鋭くて手強いときがあるから、避けて通りたいんですけどねえ……」

二年前、ついにばったり再会を果たした義姉・羅翠蓮。

ひらひらした漢服をまとった神殺しは目を細めて、新居の庭を眺めていた。手入れがたいへんなほどに広い、庭付きの物件なのである。

また若者になった陸鷹化が、師の背後にひかえている。

こちらは長袖のTシャツにスキニージーンズと今様の格好だ。

護堂ほどではないが背ものびて、身体的には絶頂期を迎えていた。単純に武術だけを競うのなら、もはやエリカやリリアナ、恵那たちも後れを取るという。神殺しの弟子ながら、武の神に愛された〝神の子〟なのだ。

鷹化も感心した面持ちで、きょろきょろ新居の庭を見まわしていた。

「こいつが例のなんとか神殿を改築した物件ですか……」

「ああ。《無限時間の神殿》な。昔、最後の王ミスラとズルワーンがアジトにしていた。多元世界の特異点ってやつだ」

庭園では、色とりどりの花々が目を楽しませてくれる。

池と噴水も長旅の疲れを癒やすにちがいない。美しい庭園のほかにも王の居館と七つの塔をそなえており、何十人でも客人を迎えられる。

義姉を館の方へと案内しながら、護堂は言った。

「よかったら、しばらくゆっくりしていってくれよ。そのためにここを用意したんだ」

「ほう。旅の疲れを癒やせと?」

羅翠蓮が微笑んでいた。

「ふふふ。あれほど無骨な少年だったというのに、おまえもずいぶん気が利くようになりましたね。それとも、あの娘の入れ知恵ですか？」

「当たりだ。エリカもいるから、会ってやってもらえるか？」

もちろん万里谷祐理、リリアナ・クラニチャール、清秋院恵那もいっしょだ。

そしていつか、もしかしたら——。

「あいつらも来てくれるといいんだけどな」

自分が遠い目をしていると自覚しながら、護堂は天を見あげた。

ここ《無限時間の神殿》の空には、大宇宙の星々と、青い地球が浮かんでいる。さながら月面から振りあおぐ空であった。

数年前、双子との別れを決めたあと——。

エリカが熱っぽい口調で、ある計画を提案してきたのだ。

『多元世界のどこかにターミナル兼休息所になるような場所を作って、そこをわたしたちの拠点にしましょう』

『休息所、だって？』

『ええ。護堂やアレク王子、それ以外にも多元世界を旅する人々が気軽に訪ねてこられて、ひとときの休息や情報交換をできるような。わたしたちの子供や、その一族についての情報も得られるかもしれないし。それに……』

あのときエリカは期待を込めて、レオとモニカに頬ずりしていた。

子供の将来については常に冷ややかだった貴婦人にして才女が——最初で最後の親バカを披露(ひろう)した瞬間だった。

『この子たちなら、きっとひとかどの魔術使いになって、わたしがこれから書きあげるはずの魔導書——《次元移動者のための覚書》を読めるようになるわ。そして世界の垣根(かきね)と時空を超えて、いつか両親のいる休息所へやってくるの』

『そういえばおまえ、最近何か書いていたよな?』

『出産前はみんなに休めと言われて、暇(ひま)をもてあましていたから。それで魔導書を書こうという気になったの。わたしやリリィ、祐理に恵那さんが身につけた秘術、あとはカンピオーネと神々の知識も書き添えたりして。でも、もっといろいろ書き足しておきたいわね』

『どんなことを?』

『多元世界を旅するために必要な知識に決まっているわ。あと、いくつかある特異点への行き方も書いておきたいわね。《プルタルコスの館》、《無限時間の神殿》……。ねえ護堂、ちょっとわくわくしてこない!?』

エリカは目を輝かせて、こう訴えた。

『いつか——もしかしたら、わたしと護堂の前にすっかり大人になったレオとモニカがいきなり現れるの。ふたりとも一人前の次元移動者(プレーンウォーカー)になって。わたしたちより歳上になっている可能性だってあるわよ!』

エリカの提案はまさに夢物語。しかし、信じてみたい夢でもあった。

だから護堂は〝ここ〟を造りあげた。いまや《無限時間の神殿》はカンピオーネ・草薙護堂の活動拠点にして住居なのだ。

草薙護堂はこれからも『神殺しにして神域の旅人』として生きていくだろう。

そして悲願がある。いつの日か、血を分けた子供たちと再会し、息子と娘をこの手で抱きしめることであった。

# あとがき

みなさま、ご無沙汰しておりました。

全二一冊の長期シリーズとして完結を迎えた『カンピオーネ！』ではありますが、このたびは追補編をお届けできる形となりました。

これも皆様のご愛顧があればこそ。

この場を借りて、厚く御礼申し上げます。

今回は完結後の特別編、と言いますか、真・完結編……？

実は二一巻を書き終えたときより、今回の『カンピオーネＥＸ！』脱稿後の方が正直に申し上げて〝書きあげた感〟がございまして。

たぶん、魔王内戦のくだりを書いていたあたりから、ＥＸ編の刊行がほぼ内定していたからでしょう（苦笑）。一応、「出るか出ないか不明」の体でアナウンスしていましたが、僕も編集サイドも「でも、たぶん出すよね！」という感じでこのエピソードを真・最終章と呼び、ふつうに打ち合わせをしておりましたので……。

それにしても、ひさしぶりに書いたエリカたちヒロイン勢。

『こんなキャラだったよな』と思い出すまで、若干の時間が必要だったのですが。

あのご婦人の方は登場シーンからラストに至るまで、そのようなとまどいを覚えることなく平常運転で書けてしまいました。この辺やはり、それだけ彼女の存在がハチャメチャであるという証明なのかもしれません。


（ここからはネタバレ上等の裏話をはじめますので、本編の前にあとがきを読む主義者の方には一時撤退をおすすめします）


今回はオリジナルvs簒奪者の再会編。

われらが主人公、おそらくシリーズで初めて『十の化身』を一冊中で全て使うというサイクルヒットを達成しております。

（まあ『山●』の化身は、描写がすくないのですけどね）

また、もうひとつのテーマが『神域のカンピオーネス』とのミッシング・リンク。

つまるところ、こういう関係性だったのです。

あちらのジュリオ＝護堂とエリカの○○。この辺は『神域～』一巻から、ちょこちょこ伏線として匂わせておりました。

お気づきの方も多かったのではないでしょうか？

あちらには〝あのひとたちの一五〇年後〟に当たる『白き女王』や『眠り姫』も登場して参

ります（さらにはほかのキャラも）。

数多の神話世界を巡る旅人たちの物語『神域のカンピオーネス』。

まだ未読という読者の方、よろしければ一度、目を通していただければ幸いです。


ちなみに、お持ちの方はご存じでしょうが――

『神域のカンピオーネス』四巻特装版にはオーディオドラマが付属。こちらの登場人物に草薙護堂がまぎれこんでおります。

演じていただいたのは、もちろんアニメでもお世話になった松岡禎丞さん。

このドラマの護堂、ＥＸ編エピローグから●年後という想定です。

収録直前、松岡さんとこんなやりとりもございました。

松岡さん「護堂の年齢、どのくらいを想定したらいいんでしょう？」
作者「とりあえず『おっさん』で。松岡さんって今、おいくつなんですか？」
松岡さん「三●歳です」
作者「まさにそのあたりの年齢でいいと思います。あと護堂、子供がいます。あの男ももう子持ちです」
松岡さん「子供！　お母さんはやっぱりエリカなんですか!?」
作者「その辺、これから書かなきゃいけないんですよお」

このオーディオドラマでは、『神域～』の主人公である六波羅蓮（ろくはられん）と護堂がばっちり・がっつり対決&競演いたします。

謎多き神話世界《英雄界ヒューペルボレア》を舞台に、ふたりの主人公が次元の垣根（かきね）を越えて邂逅（かいこう）するエピソード。もっぱら『カンピオーネ！』シリーズの読者だという方にも、自信を持っておすすめできる一品です。

特に後半、ふたりの掛け合いが最高潮に高まります。

先輩風をびゅうびゅう吹かす護堂。それを小悪魔っぽく翻弄（ほんろう）する後輩の蓮。

『カンピオーネ！』にはありそうでなかった人間関係が描かれています。よろしければ、全国の書店で探してみてください。

尚、変則的ではありますが。

このあとがきのあとに「ボーナストラック」を付けさせていただきました。映画で言えばエンドロール後のおまけ映像ですね。

……おや？

遥（はる）か彼方（かなた）から予言っぽい電波がとどいているような……。

……なになに。多元世界の極北に当たる英雄界ヒューペルボレアに、世界と神話の垣根を越えて神々と神殺し、英雄たちまで集まって、冒険と大戦乱の物語がはじまるとかはじまらないとか……。『カンピオーネ！』と『カンピオーネス』のキャラたちも入り乱れる……？

……ふむ。

ま、何はともあれ、予定は未定。

気になる方は今夏発売予定の『神域のカンピオーネス』五巻をご確認ください。もうすこし精度の高い予言がおとどけできるかもしれません。


さて。

今回のＥＸ編をもって、長かった『カンピオーネ！』もいよいよ終幕です。

図らずも小説家としてのデビュー作を一〇年以上も書きつづけることがかない、まさしく望外の幸福であったと思います。

ここまで見とどけていただき、本当にありがとうございました。

いずれまた何処かで再会がかなえば幸いです。

# 断章　そして英雄界へ

「やあ護堂。遊びに来させてもらったよ♪」

「今すぐ帰れ」

「おいおいっ!?　君の本拠地は『来る者拒まず』の安息地なんだろ!?　しかも、ぼくときたら草薙護堂の大親友で、永遠のライバルだ！」

「うるさい。全部おまえの自称だ」

　護堂はにべもなく言った。

　ここ《無限時間の神殿》を拠点としてから、幾年も経っていた。その間、幾多の客人を出迎えてきたわけだが。

　彼の来訪は初めてであった。

　金髪のイタリア人青年、剣の王、美男子なのに稀代のバカ者――。

「たしかに『来る者拒まず』が運営方針だけどな。たった今、『ただしサルバトーレ・ドニは除く』も付け加えた」

「うわっ。君らしくもない狭量な言いぐさだな！」

「じゃあ一〇分だけ休ませてやるから、とっとと帰れよ」

「なに言ってるのさ。きちんとお泊まりセット持参でお邪魔したんだ。二、三日、ゆっくりさせてもらうよ」

ドニは多元世界を渡る長旅の果てに到着したはずだが。

赤いアロハシャツと膝丈(ひざたけ)のハーフパンツ、サングラスというふざけた格好で護堂の前までやってきて、今は神殿の美しい庭先で能天気に笑っている。

だが、背中には雑嚢(ざつのう)と、長剣を収めた鞘(さや)も背負っていて――

長いつきあいの護堂にはわかる。

格好はともかく、ドニの心身に油断はない。無防備にすら見える自然体ながら、この男はひとたび危険が迫れば一瞬にして抜剣(ばっけん)し、あざやかに対応してみせる。

ドニはドニなりに、もしくは、バカはバカなりに――

覚悟を持って旅しているのだ。たぶん。

「……くそ」

護堂は毒づいた。こんな阿呆が相手でも、滞在を望むのであれば決して拒まない。自(みずか)らに課したルールが忌(い)まわしい。

苦虫を嚙みつぶす思いで先を歩き、ドニを客間へ導いていった。

「とりあえず一晩だけだぞ」

「君とぼくの仲だろ。そこは『十年だっていていてくれていいんだぞ、親友よ』と言いなおすべきじゃないかな？」

「誰が言うか、このすっとこどっこい！」

「それでおまえ、どうしてこんなところまで来たんだよ？」

護堂はずばりと質問した。

「多元世界のあちこちをひとつひとつ訪ねてまわるの、『めんどくさい・まだるっこしい』とか言って、すっかり避けてたはずだろ？」

その代わり、地上に顕現する神々と真っ先に戦える。

護堂や黒王子アレク、そして妖精王でもあるジョン・プルートー・スミスが〝留守がち〟なので、必然的に機会が増えるのだ。

ちゃっかり人生を謳歌しているドニは、にかっと笑った。

「よく訊いてくれたね、さすがは我が親友だ」

神殿の庭園には、泉もあれば水路もある。

その涼しげな景色のなかに木のテーブルを出して、厨房から持ってきた赤ワインを男ふたりだけで飲んでいる。もちろん手酌だ。このバカに酒を注ぐのも、注がれるのも、まっぴらごめんだった。

つまみは適当に選んだチーズの盛り合わせとパン、塩胡椒、オリーブオイルのみ。

なんとも雑な、女子不在の酒盛りだった。

「実はね。アレクから耳よりな情報をもらったんだ」

「あいつから？　珍しいこともあるもんだな。あいつ、おまえのことをあからさまに避けてるだろ。『話が噛み合わないから疲れる』って」

「そんなこと言ってもいざ話し出したら、べらべら『立て板に水』なのがアレクさ」

「それもそうか」

共通の知人・黒王子アレクを肴に、酒杯を重ねる。

ドニは幸せそうに赤い液体を飲み干して、ある地名を口に出した。

「ねえ護堂。ヒューペルボレアを知ってるかい？」

「一応な。たしかギリシア神話に出てくる国の名前……だよな」

「アレクは最近、そこを訪ねたらしい」

「神話世界、ってことか？」

「うん。神話世界ヒューペルボレア。実はそこへつながる通廊をこじ開けたの、例によってアイーシャ夫人らしいけど」

「あの人の爪痕、リタイアしたあともちょいちょい見つかるよな……」

思わず遠い目をして、護堂は毒づいた。

彼女は今も『最後の王ミスラの世界』のバレンシアで眠っているはず。

あちらに残してきたのは、カンピオーネとはいえ〝眠り姫〟と化した彼女と、もはや神とも言いがたいランスロット。そして《聖杯》を通して、あの世界との地縁と霊縁を得たレオナルドとモニカ。

　歴史の修正力を刺激する要素はたいしてないはずだった。

　それを証明するかのように、アイーシャ夫人の〝引退〟以降、空間歪曲の発生はすっかり沈静化していたのだが――。

　最近また、多元宇宙のあちこちで頻発するようになってきた。

　もしや眠れるアイーシャ夫人の身に、何か変化が起きたのだろうか？

「それでヒューペルボレアが何だって？」

　護堂は不安を感じつつも、ドニにうながした。

　能天気なイタリア生まれのカンピオーネは、さらりと答える。

「あそこがいずれ『闘技場』になるかもしれない。そうアレクは予想していたよ。ぼくらのような人間や神々が〝外〟から集まって、大暴れするような――ね」

「……闘技場？」

　不穏なワードに、護堂はひっかかりを覚えた。

　対してドニはにこにこ笑い、胡乱なことを言い出した。

「でさ。ぼくも是非、訪ねてみたくなってね。護堂は行き方を知らないのかい？」

「知らん。それこそ王子さまに訊いておけよ」

「ちょっと警戒されちゃって。アレクのやつ、途中から口をつぐんじゃったのさ」

「ま、そうだろうな」

サルバトーレ・ドニのような男を近づけたくない理由が何かあるのだ。

神話世界ヒューペルボレアには。ドニの手前、特に興味のない顔をしながら、護堂はひそかに決意した。

(俺も近いうちに、どうにかして訪ねてみるか)

あと、黒王子当人からの情報収集もしなければなるまい。

(それにしても『闘技場』って何なんだ?)

神話世界ヒューペルボレア。

まだ見ぬ神域にひそむ謎。期待に目を輝かせるサルバトーレ・ドニ。それらを前にして、護堂の警戒心と好奇心がそろって呼び起こされたのだった。


英雄界ヒューペルボレア。

この神話世界、のちにアレクサンドル・ガスコインは『神々と神殺しが入り乱れる箱庭にして闘技場』と形容するようになる。

草薙護堂をそこに導いた発端(ほったん)、〝親友〟サルバトーレ・ドニとの再会であった。

こ の 作 品 の 感 想 を お 寄 せ く だ さ い 。

あて先　〒101-8050　東京都千代田区一ツ橋2-5-10
集英社　ダッシュエックス文庫編集部　気付
丈月 城先生　シコルスキー先生

ダッシュエックス文庫

カンピオーネEX!
軍神ふたたび

丈月 城

2019年4月29日 第1刷発行

★定価はカバーに表示してあります

発行者 鈴木晴彦
発行所 株式会社 集英社
〒101−8050 東京都千代田区一ツ橋2−5−10
03(3230)6229(編集)
03(3230)6393(販売/書店専用) 03(3230)6080(読者係)
印刷所 凸版印刷株式会社



ISBN978-4-08-631301-8 C0193